沉默的永和轮

梁清散 著

人民文学出版社

图书在版编目(CIP)数据

沉默的永和轮/梁清散著.—北京：人民文学出版社，2021
(黑猫文库)
ISBN 978-7-02-015598-9

Ⅰ.①沉… Ⅱ.①梁… Ⅲ.①长篇小说-中国-当代 Ⅳ.①I247.5

中国版本图书馆 CIP 数据核字(2021)第 141100 号

责任编辑　卜艳冰　王皎娇　王晓星
封面设计　李苗苗

出版发行	人民文学出版社
社　　址	北京市朝内大街 166 号
邮政编码	100705
印　　制	山东新华印务有限公司
经　　销	全国新华书店等
开　　本	890 毫米×1240 毫米　1/32
印　　张	7.375
字　　数	160 千字
版　　次	2021 年 9 月北京第 1 版
印　　次	2021 年 9 月第 1 次印刷
书　　号	978-7-02-015598-9
定　　价	55.00 元

如有印装质量问题，请与本社图书销售中心调换。电话：010－65233595

一层

北门

东次间 洪广家 太婆之二

南门 月台

西次间 张永利 太婆之三

马全安 太婆之一 太婆之四

二层

楼上

电报机组

导　读

陈楸帆

梁清散是一个科幻圈里的异类。之所以这么说是因为从短篇《遛噢噢》《扣带回素》《济南的风筝》，到长篇《厨房里的海派少女》《新新日报馆》系列，他的创作始终被打上科幻的类型标签，却又始终在挑战着所谓"原教旨主义"或者"核心"科幻读者对于这一类型的想象与定义，不断地打破边界，带入更多令人兴奋的元素。

在这部最新的《沉默的永和轮》中，梁清散再次为我们带来全新的期待。故事从两名不务正业却又相互支持的业余侦探受托调查一桩发生于日俄战争时期圆明园后湖上的一桩神秘命案，却在对文献资料的不断挖掘考据中触及了更超乎想象的真相。令我感兴趣的有两点，一是梁清散对于科幻加推理类型的融合，二是以考古学的方法重塑历史的野心。

科幻与推理类型的融合近几年颇为多见，如付强结合硬核物理学与推理的《孤独者的游戏》和《学姐的秘密》，比如以推理出道的陆秋槎转战科幻创作的《没有颜色的绿》都颇有可观之处。可以说在这两个类型之间天然存在着某种叙事模式与美学风格上的契合之处，它们都需要读者调动想象力与逻辑能力，从字里行间"脑补"出并不存在的时空,并分析、重演、推理情节的种种可能性。梁清散作为资深的推理小说迷,对于各种密室杀人、叙诡、草蛇灰线般的信息透露与铺排,自然不在话下,因此有了这篇非常地道的推理小说。

但在《沉默的永和轮》中,梁清散对读者提出了更高的要求,他大量引用文献档案,甚至囊括对器物的考据、空间的重构、历史事件的不同视角,来推进线索的收集和谜团的解答。其中虚实相间,真假难辨,但其对于细节的考究,对于文本真实性的追求,已经逼近于所谓"或然历史"(Alternative History)的程度。与追求最大程度逼近写实的现实主义或高度抽象隐喻性的现代主义不同,或然历史最大的特点在于将"明确的虚构"作为"确定的真实"来进行书写,甚至追求在文本层面上构建出一条全然不同的历史时间线分支。这也是最考验作者历史视野、考据功底以及文本虚构能力的一种科幻子类型。

梁清散没有让我们失望,最后的谜团揭晓也足够震撼。读完之后,我仿佛看到一艘飘摇在百年之前、承载着各派人物野心与命运的永和轮之上,闪烁着更宏大更异色的历史想象。让我们继续期待。

目录

济南的风筝　　　　　　　　　　 I

枯苇余春　　　　　　　　　　　 36

广寒生或许短暂的一生　　　　　 76

沉默的永和轮　　　　　　　　　 95

解说　　　　　　　　赵婧怡　225

济南的风筝

不得不承认,我在看文献时,总会被所谓的情绪化因素所干扰。显然这是极不专业的表现,但本来我也不是什么专业人士,没有谁会对我这样的人提出过高的要求。

当我看到一起发生在一百多年前的爆炸案时,我便完全陷入了那种不专业的情绪之中。

一九一〇年山东济南北部,泺口地区的一家名为泺南钢药厂的小型工厂发生爆炸,连带周边几家工厂,发生连续爆炸,殃及周围村落,造成包括工人在内至少五十人死伤的惨案。原本应该是震动京城的大事件,但因为光绪帝驾崩年幼的宣统帝匆忙登基不久,所以整个爆炸事件完全被国家大事掩盖了过去,逐渐就像爆炸之后的硝烟一样散得无影无踪。爆炸案过后不久,爆炸案的肇事者就被当时逐渐正规化现代化的清廷警方侦破,肇事者名叫陈海宁,正是泺南钢药厂的技术工人,在爆炸事故发生时当场死亡。之所以确认是这个人,是因为在现场找到陈海宁常穿的衣服上有他特别定制的金属饰品。而爆炸原因也正是这些金属饰品不慎脱落,掉入机械齿轮中撞击产生火花,引爆了火药库。

在报道的文字下面还有两张照片,分别是被炸得一片焦黑的泺口，以及那件被烧得不成样子、只有一串串金属片挂在胸前位置的衣服照片。

或许正是因为这身衣服的饰品太过奇怪，我终究感觉这个报道极不对劲，肯定还有什么隐情暗藏其中。然而，会是怎样的隐情，暗藏了什么样的真相，那就需要用文献才有的方法来进行实证了。

我先是将目光停留在了"连续爆炸"上。

怎么会发生工厂之间的连续爆炸？在一九一○年的时候，就有如此密集的高危工厂存在？不过，当我检索了当时济南泺口地区的工业相关文献后，发现这是有可能的。

实际上，济南泺口地区在清朝末年已是工业重镇。早在一八七九年，在这个地方，就由刚刚升任山东巡抚的丁宝桢邀请当时著名的科技人才徐寿、徐建寅父子一同建起了后来影响一时的山东机器局。后来徐寿被调到江南制造局去造船，留下了对化学更加精通的徐建寅继续主持。也就是说，从那时起山东机器局就已经定下来它随后几十年的发展方向：军工与火药的研制和生产。

那是光绪初年的事。到光绪末期，济南泺口这一带已经完全生出了军工火药生产的传统。不仅是山东机器局，其周边的大大小小的工厂也在日日夜夜抱着希望大清国可以重回伟大帝国的梦想生产着黑火药。虽说绝大多数小型工厂根本没有留下记载，但实际上那里的规模还是很可观的。诸多黑火药工厂，到底有没有采取安全措施，有没有安全防范的基本能力，恐怕答案都是否定的。就连徐建寅本人，也是在研制无烟火药时发生意外，爆炸殉职，是年一九〇一年。

更多的枪支大炮，就要有更多的高效火药供应。恐怕在大清国的最后一年里，整个济南都在弥漫着浓浓的未燃火药味。在济南城的北边，一大片土地被济南特有的圩子墙围起，墙内正是因为徐建寅意外身亡后逐渐没落的山东机器局。而在圩子墙外，大概不会太远，便都是簇拥挤满的小工厂，甚至不应该称之为工厂，而只是一堆堆黑火药的简陋作坊。

实在可惜的是，那个时候的摄影技术太过昂贵太不普及，留存下来的相关照片更是少之又少。我在自己惯用的数据库里翻了很久，只是找到一些山东机器局的照片。这些照片绝大多数都是在山东机器局的正门，拍下那个在匾额上写着"造化权舆"四个大字的圩子门，和门前那些面对硕大的相机镜头还很惶恐不自然的人。找不到任何小作坊的照片，没有可能通过影像资料研究明白当时的黑火药作坊的安全措施到底合不合理，有多不合理。

不过，仅从记载中黑火药作坊的数量和泺口地区的工厂承载能力来计算，确实可以判断出当时小作坊到底有多么拥挤不堪。连续爆炸，确实有可能发生，不能成为疑点。

除去这一点之外，再无更多线索。恐怕需要从其他的文献中继续探寻，那么唯有一个"陈海宁"的名字，可谓检索的关键词。

令我惊讶的是，以这个名字一路检索到三十年前，也就是一八八〇年时，竟真的有所收获。"陈海宁"这个名字，出现在一个大名单中，名单为一八八〇年山东机器局的新入职人才和职位。

竣工于一八七九年的山东机器局，在第二年入职了一批可以称得上是官位低微的技术官员，陈海宁看来就是其中一个，而他主管的是机械制造。从此可见，陈海宁不仅不是一个毫无尝试而造成惨剧的冒失鬼，还是山东机器局的元老级技术人才。

这下确实有意思起来了。

不过我还是要更加谨慎，虽然地点上的重合度很高，但也不能排除这是一个同名者。我必须再找到更多更充足的关联性证据。

可是接下来的检索就没有这么顺利了，我使用的数据库可以检索到的有关"陈海宁"这个名字的信息只有三条，除去前面已经搜到的两条之外，还有一条是要比一八八〇年还要靠前一年，也就是一八七九年，报道说在上海的江南制造总局有一批徐寿的学生毕业（或者可以称之为出师），毕业学生名单中再次见到"陈海宁"。

陈海宁这个名字在清末的历史上出现过三次，而其中有两次只是出现在看似并没有透露任何个人信息的大名单中。这多少有些令人沮丧。两次名单里出现的陈海宁倒可以基本确定是同一个人。因为徐寿正是徐建寅的父亲，中国第一代的本土船舶专家，在机械设计制造方面有着相当的成就和开创性。身为徐寿的学生，学来的一身机械设计的本领，去了徐寿的儿子一手筹划建成的山东机器局，担任机械制造方面的职位，完全合乎逻辑。然而，问题仍旧在于这个徐寿的学生陈海宁和三十年后造成济南泺口连环爆炸案的陈海宁，到底是不是同一个人，这仍旧没有找到任何直接的证据。

再继续检索下去，也是无济于事。

我无奈地将自己的数据库网页关掉，打开了邮箱。将我检索到的三条信息做成附件，在收件人地址栏中熟练地敲上了邵靖的邮箱地址。

邵靖是我的大学同学，算得上志同道合的好友，不过他是一路深造，后来到了历史档案馆工作，我则一如既往不务正业，卖着些不入流的故事勉强生活。幸好他没有嫌弃我，多年来一直保持着默契的合作关系。一般来说，我几乎都不需要做什么解释，只要把自己检索到的材料一股脑地发给他，他就能立即抓到我想要的重点。

在我正准备点击发送邮件时，迟疑了一下。虽然说这家伙一直对我们这种猜哑谜一样的交流方式乐此不疲，但似乎他现在正在给他的单位筹办一个什么全国性的学术会议，大概办各种手续和写各种申请表已经让他焦头烂额。干脆还是体贴他一下，不做这一层的猜谜游戏直入主题好了。

我将刚才自己所做推断全写到了邮件正文中，并略微撒了个谎说正好自己想写一个相关小说，所以才留意到这些。

如此名正言顺的邮件，我甚至忍不住欣赏了片刻才点击发送。

顶多过了十分钟，邮箱就提示收到了新邮件，根本不用猜就知道一定是邵靖的回信。没想到这家伙还是这么迅速，我点开邮件，看到果然是邵靖的回复，并且还看到了两份附件文件。

不过……

邮件还有正文，我瞥了一眼，全都是在嘲讽我……说像我这种人果然就是外行，纯属瞎找，完全没有章法也没有效率。当然我对这种朋友之间的揶揄并不会真的往心里去，同时点击了下载附件。

附件打开后，看到的内容确实让我大吃一惊，我找不到的图片资料竟被他在不到十分钟的时间内检索了出来，并且这家伙还在跟我玩哑谜游戏，他一眼就看出我收集到的文献中首要缺失的东西。

我点开两份文献来看时，发现完全超出了我的检索思路，不得不倍加钦佩。

两份全都是外文文献，我有点头大，但还是硬着头皮来看。

第一份先是报道叙述，下面则是两张不甚清晰的照片。我先看报道，竟是德文，完全看不懂。幸好看报头倒是多少分辨出来，是在当时德国的一份不大不小的报纸，中文大概可以叫做《莱茵工业报》。这就有意思了，《莱茵工业报》这样的报纸，并不像英国的《捷报》那样，在上海的租界办报，也只是卖给上海的英国人看的在中国的英文报纸，而是一份真正远在德国卖给德国人看的德国本土报纸。不过，当我看到报道的来源时，大体上明白了为什么这么一份纯西方的报纸会把目光投到了远东的中国大陆。虽然我不会德语，但根据自己可怜的知识储备可以搞明白的是整篇报道的信息来源，它出自当时德国最为强悍的通讯社——沃尔夫通讯社——的记者之手。

再看报道的时间，是西历一八八一年五月。也就是陈海宁到山东机器局的第二年。此时离德国利用"巨野教案"胁迫清政府签订条约租借胶州湾尚有十六年，能在德国本土报纸上看到关于中国人的报道，确实还是十分少有。而再看照片，就更有意思了。

两张照片都是横构图，其中一张大概是因为摄影技术还非常初级，大面积曝光过度，有五分之三都是一片惨白，有一些模糊不清的线条，努力辨别可以看出是一片面积很大的空场，空场一边似乎还有一些不高的建筑。在空场的中央偏左下，摆放着一台看起来像是将水井口的辘轳架起来的机器，机器旁有一个穿着长衫留着辫子的清朝人，正表情惶恐地操作着那台古怪的机器。而从那架疑似辘轳一样的轴上可以隐约看到一根绳缆，划着优雅的重力弧线直穿整幅画面到了矩形照片的对角线一端。在那里，可以看到一只在画面上失了焦却仍旧能感受到其巨大的风筝，或者说是一组巨大的风筝。

春天的济南，确实适合放风筝吧。我想着北京每年到了春天，只要是广场都会有不少人在放风筝，大概同是北方城市的济南，也是一样。

我凑近些仔细去看，在高低错落的风筝组下面，有一张座椅，座椅上……实在看不清楚，但隐约还是可以看到有一双腿悬在那里，也就是说，座椅上十有八九就是坐了一个活人。而在椅子下面，黑乎乎的，看起来像是悬挂了一块体积不小的秤砣。

再看第二张照片，是两个人一左一右站在一把样子极为古怪的椅子两旁。椅子没有腿，但有零零碎碎好像是什么暴露在外的机械元件垫在了椅面下方。这把椅子想必就是前一张照片里被放到天上的那只，不过，椅子下面的秤砣已经卸掉，没有入镜。站在椅子左边的那个穿着长衫的人，也就是在空场上操纵机械的那个，而另一边那位，大概就是飞起来的了。再看照片的背景，两个人身后正是写着"造化权舆"四个大字的山东机器局正门。

照片下面写着德语注释，我只看懂了一串明显是中国人名的拼音：HAINING CH'EN。无疑两个人其中一个就是徐寿的那个学生、入职山东机器局的陈海宁了。我将短短的德语注释逐个字母敲进翻译软件想看个究竟，却只能看出站在怪异座椅右边这位未着长衫而是打扮十分洋气、西装礼帽的人是陈海宁，他在照片中显得年轻又富有朝气，而且毫无当时中国人面对照相机镜头时的那种惊慌恐惧感，泰然自若，落落大方。

除了能确定陈海宁的相貌之外，从翻译软件中只能看明白大概当时的报道称这把怪异的椅子——济南的风筝。

接下来，我去看邵靖发给我的另外一份文献，是两份报道拼贴到了同一个 PDF 文件中。两篇报道同样是一八八一年的报纸，一份是英文报纸《伦敦新闻画报》，另一份是法文报纸《小日报》。不必仔细去看，就能清楚地看出这两篇报道全都只是转载了德文那篇的两张照片，根本没有把德文报道中的原文都转过来，特别是这两种报纸本身就是以猎奇的图片为主要卖点，更不用奢望他们能有什么更深的东西。法文我自然也是不懂，只好去看英文报道中照片下面的短小注释，翻译过来只是短短一句话：

济南的风筝——中国的奇迹，载人风筝升天。

我有些无奈，虽说在西方本土报道了中国人的事情还放上了两张照片，确实很是不易，但"载人风筝"这种东西，在一八八一年根本不是什么新鲜前卫的东西，甚至在中国，也并不稀奇，早在古代，军事上就已经多次运用载人风筝去侦察敌情。唯独略有不同的是，这架载人风筝的座椅确实过于古怪，有很多即便是我这个外行去看都知道十分多余的机械元件。

更重要的是，能想到并且真的从外文文献中找到关于陈海宁的报道，这一点我确实是对邵靖的能力佩服得五体投地，即便如此，也只是能体现出那个徐寿的学生一时间受到过西方的关注，的确是相当厉害，有所成就，却仍旧不能证明他和浉口爆炸案的肇事者是同一个人。

似乎所有的辛苦全都白费，重新回到了问题的原点。

虽说邵靖现在肯定忙得无暇顾及我的问题，但我……还是把憋在心里的东西一股脑全都敲进邮件中，毫不犹豫地点击了发送。

对着电脑大概愣了一个小时，还是没有收到邵靖的回复，也许他正在忙着和哪位教授研讨他们要开的学术会议的具体日程安排。虽然这次学术会议要在半年后才举办，但以我的了解，提前半年开始筹办时间上已经是相当紧张难办了。我正在闲极无聊地为邵靖的工作瞎操心，忽然注意到手机上早就收到一条信息。打开一看，正是邵靖发来的。

聊天软件的信息自然不会带附件，只是一句话：为何不直接去浉口地方志办公室查查看？

看到邵靖这句话，我顿时眼前一亮，不愧是专业人士，尽管看上去只是匆匆忙忙发来的解决办法，但确实相当对路子，至少在找出一个略有历史记载的人的生平上，是值得尝试的。

我立即回复了邵靖一句"谢谢"，便开始着手去济南了。

已经有太多年没有来过济南。依稀记得在中山公园外有旧书店一条街，结果早已消失，只剩下路两旁枯燥乏味的居民楼和在冬季光秃秃的槐树。

现在的泺口地区已经没有正在运转的工厂，就像北京的798一样，逐渐将那些有着高高房顶的厂房改建成了还算有品位的艺术园区或者新兴企业的开放式办公室。原本我想转上一转，没准还能找到百年前山东机器局的什么遗迹，可惜因为我完全没有意识到泺口地区距离济南市区有如此远的距离，当我坐着公交车抵达泺口时，时间已经到了下午三点多钟，又因为时值冬季，已然是一片黄昏景象。倒是有一种破败中重生的异样的感觉，但还是赶紧在地方志办公室下班之前过去为好。

因为邵靖帮了不少忙，提前跟办公室的熟人打过招呼，所以当我到办公室时，有个看起来四十多岁的中年人特意来接待我。我有些不大好意思，但对方非常热情，说听邵靖介绍我正在为了他们的学术会议上的报告特意跑来查资料，感觉特别感动，现在很少能有人为了一次报告做这么多工作了。

我挠着头就跟着他进了档案室。

他略微交代了一下基本的注意事项，说我是邵靖的朋友，他放心，就离开了。面前只剩下寂静无声的档案目录室，满目全是如同中药房的大型药材柜一样的一排排目录卡柜。

我找到人物志的柜子,再按年代和姓氏拼音首字母排序去找。实话说,在找的过程中还是有些紧张的,万一根本找不到"陈海宁"的名字,那么就等于完全失去线索了,但幸好很快陈海宁这个名字还是在一个半世纪前的目录中让我找到了。我拿着目录卡又去找那位信任邵靖的中年人,他笑了笑什么都没说,便独自进到真正的地方志档案保存室里,不一会儿,便把陈海宁的材料拿了出来交给了我。

厚厚的一本编号相符的人物志,我顾不了太多,立即拿到最近的桌子上开始翻阅。因为早就把那张卡片上的页数记在心里,很快就在这本人物志中翻到了陈海宁的条目。

陈海宁的条目就和他的上下邻居一样简单短小而且毫无修饰。基本上只是用年代和相应的事件描述了他的一生,但这刚好就是我最需要的。

我最关注的自然是两个时间点:一八八〇年和一九一〇年。

让我感到一阵满足感的是,这两个时间点上同时出现了我在意的事件,一八八〇年条目中的陈海宁入职山东机器局,一九一〇年去世,死于泺口爆炸案,并被警方确认为整个爆炸案的肇事者。

靠着简短的人物志,完全解决了我的疑问,那个徐寿的学生和最后被炸死在泺口的陈海宁,确确实实是同一个人。不过,即便如此,还是有更多的疑问没有解决。

我开始通过这份年谱一样的人物志抄录起陈海宁的人生。

在抄录的过程中，我发现在一八八〇年到一九一〇年之间，这个人的人生也非常曲折有趣。人物志中写到陈海宁赴德国波恩大学留学攻读机械工程，这一点不禁让我惊讶。而时间是"光绪辛巳冬月"，西历便是一八八一年底。这就非常有意思了，《莱茵工业报》发表陈海宁的两张照片以及简短的"济南的风筝"的报道也是一八八一年，也就是说这次报道不仅仅是昙花一现的风光，也预示着陈海宁这个中国人刚刚开始走向世界。我努力回想了一下，大概在那十年前，由容闳带着一批福建的天才幼童去了美国，到容闳所留学的耶鲁大学深造，这些天才幼童中就有后来成为中国铁路工程巨匠的詹天佑。那么按年代来算的话，也许陈海宁可以算得上是中国人前往欧洲留学的先行者了。可是这样的先行者，不仅没能在历史上有所记载，还有着那样的结局，多少有些令人唏嘘。

不过，到底最后拿没拿到波恩大学的学位，拿到了什么学位，在人物志中并没有记载，只是写到在一八八四年，陈海宁从德国回到山东，重新入职了山东机器局。

我不打算放过任何一点细节，继续抄录下去。

一八八四年回国，再次入职山东机器局后，多次被调走后又在次年回到山东机器局。一八九五年调到新疆，一八九六年回山东，一八九八年调到江西，一八九九年回山东，一九〇〇年调到汉阳，一九〇一年回到山东，但这一次他并没有回到山东机器局，而是直接被安置到了泺南钢药厂。在此之后，陈海宁没再离开过那里，直到爆炸事故发生，离世。

庞大的地方志资料库，关于一个人，仅仅只有如此几行。

我把厚厚一本人物志交还给接待我的中年人之后，说了声"谢谢"就离开了。

坐着回城的公交车，有足够的时间让我把现在掌握到的所有线索在脑中重新捋上一次。伴着车窗外越发繁华的济南夜景，我意识到加上今天抄录的年谱一样的人物志，确实有几个点非常值得继续深挖，那其中一定有侦破疑团的关键。

到了宾馆房间，我立即打开电脑，重新点开《莱茵工业报》的报道。看了一眼那两张照片后，我开始笨拙地将报道中的德文逐个字母敲到翻译软件中，希望能知道大概写了些什么。

翻译软件翻译出来的东西，语句还是相当不通顺，同时有很多的单词也翻译不出。即便如此，我还是从支离破碎的汉语中读出了我想要的信息。

就如同陈海宁出现在西方的报纸上仅仅是他步入世界的开端一样，这个"济南的风筝"同样不是他竭尽全力才做出来的心血之作，而只是一次试验而已。根据翻译过来的德文报道可知，陈海宁的这次试验主要是在计算这个奇异的椅子，实际上也就是某种飞行器的驾驶座加上驾驶员的重量和各项飞行指数之间的关系。那些风筝也不是简单地为了把坐着人的椅子带到天上而已，每一只恐怕都涵盖着某些复杂的参数，用于之后真正的飞行器制造。

那时没有电脑数字模拟，想要得到足够的数据，即使有大量的数学建模，也逃不过实体试验这一步。

所以，"济南的风筝"的这根风筝线，我看着在照片中最显眼的一条细长弧线,是必然要被剪断的了。

回到北京,我忍不住还是把所有新收获统统用邮件发送给了邵靖,即使他根本没时间看,发送给他也算是对他帮我联系地方志办公室的答谢了。

出乎意料的是,邵靖还是迅速回复了我。只不过并非邮件而是短信,看来他确实是相当忙碌了。短信上写了不少字,先是为我能有如此之多的收获而感到高兴,随后则问我要不要见一位上海交通大学的副教授,刚好他为了半年后的学术会议特意来北京开一个筹办会。副教授姓丁,是科学史方向,很有可能也对这方面有所研究。

我喜出望外,同意了。

邵靖迅速帮我安排了和丁副教授的会面,就在他们历史档案馆外的咖啡馆,可惜邵靖完全没有时间。

下午的咖啡馆里,客人还是相当之多,幸好我提早到了,等了一会儿找到一个比较僻静的角落座位。

刚好是约定的时间,咖啡馆的门打开,一个看上去已经开始发福但相貌上还比较年轻的男人走了进来。他肯定就是丁副教授,他四处张望了一番,我立即举手示意自己的位置。

他坐下来,脱掉羽绒服,看到里面是一件格子毛衣,毛衣领口露出里面穿着的白衬衫的领子,也蛮有一位副教授该有的样子,我也就更放心没有认错人。

我们互相自我介绍了一下之后,丁副教授就像是等待学生做报告一样看着我了。我有些局促，但还是鼓足勇气打开电脑，一边把材料展示给他看，一边讲着我自己一厢情愿的推断。

丁副教授的语速奇快，快到我几乎有些听不大懂，但他话不多，多数时间都是在听我讲述。直到我完全讲完，他才说要我翻回到《莱茵工业报》的报道再仔细看一看。

先是把德文报道认真阅读了一下之后，丁副教授把眼镜摘下来，趴到电脑屏幕前仔细地看了看两张照片，特别是那张在山东机器局大门前的。他将分辨率和清晰度非常低的照片尽可能放大，仔细地看了那把椅子下面以及左右两边能看到的各种衔接在椅子上的机械元件。时而放得更大，时而只是摇头咂嘴。过了很久，他才终于从那篇报道的照片中返回现实。

戴好眼镜后的丁副教授，又用他奇快地语速与我说话。他说翻译软件翻译出来的意思基本没错，并且可笑的是英国和法国的报道都完全误解了德国这篇报道的初衷。

我点点头，期待后面的展开。

随后，他说自己开始对这个人感兴趣起来了。以前从没有关注过这个人，现在看到我收集到的材料发现确实具有一定的研究价值。当然，一来他本人根本没有时间开这样一个崭新的课题，二来也不能夺人所爱，所以一直鼓励我把这个人研究深研究透，很有可能会有更多更有价值的发现。

我实在不好意思说自己只是对那起爆炸案的真相好奇，在丁副教授的视野内，我所关心的那些东西微不足道。

因此，我只是礼貌地点着头。

还没有说到核心,我真诚地期待着接下来丁副教授要说的东西。

丁副教授看到我依旧用眼神表示自己穷追不舍的坚定,一下笑了。说要是我愿意的话完全可以去报名上海交通大学考他的研究生,他就是喜欢我这样既有干劲又充满好奇心还十分敏锐的年轻人。

我语气委婉地说了一声"好的,如果有机会我去考"。

他听到我这样的回答,笑了笑没再多提考学的事情,继续快语速地说起了正题:"这个,嗯,就沿用德国人的称呼,这个'济南的风筝'我以前确实在文献中看到过,"丁副教授表现出一副对自己的记忆力非常有自信的样子,"只可惜它不是我的研究方向,所以一下子就放过了,没有深挖。但刊载的期刊我还是记得的,你可以自己去翻出来看看。以你的资质,自行查阅就一定能有相当多的发现。中科院的图书馆里存有德国工业科学学会的会刊,叫作《工业科学》,那里面就有你想要找的,到底能找到多少,有多少价值,那就得看你的能力了。"

我极为礼貌地再次向丁副教授表示感谢,丁副教授笑着说了一句"邵靖也是不错的小伙子,代我向他问声好"后,就穿上了羽绒服匆匆离开了嘈杂的咖啡馆。

中科院的图书馆,刚刚搬到北四环外的新馆。从外面看上去,高大气派了许多,充满了"这里面藏有相当多的珍贵资料"的感觉。

早在家里，我通过中科院的图书馆官网查到他们确实有馆藏《工业科学》的全部期刊，检索号和所藏馆室的位置都记了下来，才在第二天有的放矢地前来查阅。然而，即便做了这么多的准备工作，真的到了实践层面还是遇到了一点不大不小的麻烦。

因为一百多年前的期刊馆藏都是闭架阅览，我只有把检索号交给图书管理员，等待她到书库中找来给我看。图书管理员是一位看起来十分严肃的中年女性，头发盘得很利落得体，穿着统一的工作服，套着蓝色套袖，接过我的阅览单，面无表情地进到身后的小门。

闭架期刊阅览室一上午都没有第二个人出现，但那位图书管理员也迟迟没有回来。大概等了有四十来分钟，她才终于从那扇小门里再次现身，看上去有些疲惫和沮丧，我感觉有些不妙。

"没有你找的书。"

"啊？"我不禁有些吃惊，同时叫她到阅览室里的电脑前，想让她看确实显示库存里有这套期刊。

她跟着我到电脑前看了看，摇头说："但里面没找到，也有可能是在搬馆剔旧时给卖掉了，只是还没有及时修改系统信息。"

"一百多年前的历史文献也会被剔旧掉？"

"确实不大可能……那也许是搬家时不慎丢了吧。"

"我可不可以……"我没敢把话说完。

"你有介绍信吗？"

我默默地摇了摇头，眼巴巴地看着她。

"副高以上职称。"

我摇了摇头，继续看着她。

这样的回答好像也完全在她的预料之中。

我们继续对视了一会儿，我实在不想退让。

"肯定不可能让你进库里去看啊。有没有除了检索号以外的什么东西？有可能这套期刊还没有正式放到架上，刚刚搬过来，你懂的。"

让她一提醒，我赶紧拿了纸笔，又从兜里掏出昨晚做好功课的小本子，把上面查到的《工业科学》的德文名字抄到了纸上。告诉图书管理员，这是德文期刊，期刊名是这个，也许能有一点帮助。

图书管理员拿着纸条看着上面的德文皱了皱眉头，又回到那扇小门里面。

又过了大概四十分钟，那扇小门终于又打开了。我一眼就看到她的手里，拿着一本厚厚的褐色硬皮装订书。

"终于找到了。一共只有三本合订本，随便找个角落，就能藏上一百年也不会有人发现得了，估计它们也该感谢你能坚持让它们出来透透气。不过，不允许一次拿两本，所以你看完这本我再进去给你拿另一本。"

说着，她绕过小门前的办公桌，亲自递到我手上。

我如获至宝一般，一边点着头一边捧着这套合订本坐到了最近的桌子前。

合订本里的纸张略有些泛黄，但翻阅起来并不感觉因年代久远而变脆，只是让翻阅的我更加小心谨慎了。

"还是应该拍成胶片或者干脆电子化了呀。"我忍不住又抬起头来和已经回到办公桌前坐下的图书管理员说了一句。

"哪有那么容易，而且拍胶片也是一种损坏，反正最后都是一样的结局，哪个也不会多上一丁点的意义。"

说来确实没错。我真想再接上一句什么，但我已经被合订本的德文期刊的内容给吸引住了。

重新从封皮开始看。褐色硬皮书封正面以及书脊上都标着我事先查到的《工业科学》的花体德文。确实非常不容易辨认，特别是对于我们来说几乎陌生的德文。在名字下面标示着的是这套合订本所涵盖的期刊年份。这是第一本，从一八七七年到一八九七年。而后面两本，分别是一八九八年到一九一八年和一九一九年到一九三六年。整整六十年的学术年刊，可以说是德国工业崛起的一个见证，也熬过了第一次世界大战，却在"二战"前夕无力坚持最终停掉。

我需要查阅的内容跨了两本的年代，看来还是需要麻烦图书管理员再跑一趟书库。

顾不了那么多，再一次小心翼翼地翻开了第一个二十年的《工业科学》。

完全都是德文的……我只好硬着头皮先从每一年的目录看起。不过，一上来的发现几乎和我预料的一样，在一八八四年的目录里，看到了"HAINING CH'EN"的名字。这一年陈海宁离开波恩大学回到中国山东，看来这篇论文，大概就是他三年德国留学生涯的一个总结了。可惜目录上的论文题目我完全看不懂，只好按照页数翻到文章看看。

陈海宁的这篇论文应该不是他的毕业论文，篇幅不算长，只有七页。除了少量的德文叙述以外，全是各种公式以及几幅示意图。德文也好公式也罢全都让我头痛和不知所云，但那几幅示意图反倒令我眼前一亮。图上虽然也附有不少计算辅助线，但是明显就是那架"济南的风筝"。

受到如同在异乡见到老街坊一样的鼓舞，我又硬着头皮重新看了这篇论文。根据自己少得可怜的机械知识，通过几幅图和翻译软件的帮助，大体还是猜出了这篇论文讲了些什么——用风筝辅助计算飞行器参数的可能性与实践。

正好和丁副教授解释给我听的关于《莱茵工业报》上的报道相符合。看来陈海宁在德国的三年差不多都在这方面着力，同时我也钦佩起丁副教授的记忆力。

不过，我并没有就此罢休，或者说原本我所预先设想的这个只是开端。然而当我真的继续往后翻时，几乎要绝望了。从陈海宁离开德国之后，一年年过去，竟然一直没有再见到他。难不成他回国之后，便彻底离开了科研，甚至逐渐颓废，到最后成了一个会不慎引发爆炸惨案的冒失鬼？完全不合理。

大概就是这种跨越百年的信任，支持着我继续翻着德文的目录。

终于，当我翻到了第一本的最后时，忽然又看到了陈海宁。

太有些功夫不负有心人的喜悦。我赶紧先翻回到这一期年刊的封面确认年份——一八九五年。

看到这个年份我不禁愣了一下，感觉仅仅从这个数字已经嗅到了更多的东西。不过现在不是急于下结论的时候,我必须更加小心谨慎地查阅来验证。

大概是因为阅览室中本来也没有其他人,图书管理员看到我似乎很是吃惊,多少也有些好奇,便从她的办公桌前绕过来,走到我旁边问我到底发现了什么。

我本来想说"其实我看不太懂",但当我指着眼前这页的机械示意图时,忽然就明白了它是什么,略显得更加吃惊地说:"这是……扑翼飞行器?载人扑翼飞行器。"

第一本翻阅完毕之后,我把它交还给图书管理员,又申请了第二本继续翻阅。同时,还跟她说了一声"辛苦了",因为这一本我还会再看,只能辛苦她多跑几趟。

把陈海宁的所有论文都复印下来,回到家中以后,我重新从他用毕生精力研发的扑翼飞行器中爬了出来。这个东西不是我要找的重点,我想要知道的是爆炸案的真相,而这个真相,其实就摆在了面前。只要从论文的发表时间看,就已经一目了然。

一八八四、一八九五、一八九八、一九〇〇、一九〇二、一九一〇,正是这样的一串年份,陈海宁在《工业科学》上发表论文的年份,所有的真相。

包括陈海宁回国那年的第一篇论文在内,陈海宁一生竟在《工业科学》这个极为专业的学会年刊上用德文发表了六篇论文。这一点令我钦佩不已,我对科学史知之甚少,但这个数字和这样的年代,恐怕完全可以跻身中国早期科学界前列了。但这些在此时已经无法掩盖真相。

这就像一次拼图游戏，形状各异的所有小图片都已经找到，到底是什么样的图画，要做的只剩下把它们拼到一起了。

"时间"就是找到拼图接缝对接规律的钥匙，而这个钥匙的内容就是：陈海宁发表论文的时间和他被调离山东机器局的时间吻合。

我发现这个显而易见的秘密时，笑了出来。

陈海宁在德国留学三年，离开德国时，也就是一八八四年发表了他的第一篇学术论文。随后，当他回国重新就职于山东机器局之后，迎来了自己研发扑翼飞行器的停滞期——空白的十二年。没有详细的记载，我当然不能用猜测得到结论来表述空白的十二年在有着科研热情的陈海宁身上到底发生了什么。仅看到一八九五年，陈海宁忽然又开始发表论文即可。第二年，他被调离了山东机器局，而且还是去的只有被发配才会去的新疆，这无疑是一次惩罚。对什么的惩罚？似乎相当显而易见了。随后几次调离，虽然没有新疆那么偏远，但也都是一年时间就又调了回来，无论怎么理解，大概都跑不出这是一次次惜才和惩罚之间纠结的结果。

再看陈海宁发表论文的"一八九五年"这个年份本身，也不容小觑。

这一年对于那个大清帝国来说太过特殊。在此之前的一年，大清国吃了从鸦片战争之后最屈辱的一场败仗：甲午海战。号称海军舰队实力已经是世界第五的大清国，竟就如此惨败给了无论从国力还是国土面积都远远不及的东瀛日本。败仗之后，大清国在一八九五年被迫签署了最为丧权辱国的《马关条约》，洋务派从此一蹶不振。而更值得注意到的是"镇远"和"定远"两艘北洋舰队的主力舰，正是徐建寅亲自到欧洲考察订造的。陈海宁忽然就在这一年"重出江湖"发表了他或许雪藏了十二年的论文，恐怕并非仅仅是巧合了。

一旦有了方向，接下来每一个关键点都立即合理起来。

一八九八年，对于徐建寅来说同样一点不平静。如果说甲午年让徐建寅的事业和理想严重受挫，那么一八九八年则甚至危及他的生命。在这一年，发生了轰动全国的戊戌政变，徐建寅同样参与了维新党的运动。幸好他加入甚晚，没有进到主要成员名单，但为了遮掩自己也入伙维新，徐建寅以回籍扫墓为由，迅速逃离京城，当然也完全顾及不到山东。我看了《工业科学》在这一年的出刊时间，是在年底，也就是说徐建寅七月离京，陈海宁就立即把新的一篇论文投稿过去。海运手稿，一个月基本也能抵达德国，再加上审稿时间，大概因为之前已经有所了解，论文本身又没什么问题，当年年底便发表也不是不可能的。一九〇〇年庚子之变，八国联军攻陷北京，张之洞被调到湖北，同时也带着徐建寅到了汉阳钢药厂，开始研制无烟火药。这时的徐建寅当然更加无暇顾及山东机器局……

总有一种只要徐建寅一出现一点松动，陈海宁就立即如同一个没有家长看管在家里撒欢儿的小孩一样，马上投稿新的研究成果给《工业科学》。实话说，这样的做法非常不聪明，很容易让人误解，但对于一个心里只有扑翼飞行器的人来说，或许根本就没顾忌过这些。

我不能得意忘形，所以在推理的过程中，又把年代翻回到事件的起始时间一八七九年，重新调查一下。

这一年，山东机器局竣工，徐建寅被派往欧洲考察。他考察了四年时间，同时订购回来了"定远"号和"镇远"号两艘当时几乎是战斗力最为强悍的战舰，并写下了《欧游杂录》。

我把《欧游杂录》仔细翻阅了数遍，发现只有其中抄录的李鸿章的信里提到要补上两名留学生过去学习枪炮船舰制造，同时要找些年轻人到德、法的工厂中实习。其余记录都是徐建寅在欧洲考察德、法军工企业工厂的实录，十分明显地体现出了徐建寅到欧洲的目的，就是要通过亲自造访考察，迅速增强大清国的军事战斗力。

作为自己父亲的学生，在当时来看也应该是高材生的陈海宁，在徐建寅访德期间前往德国留学，他不可能不知道，不可能没有过接触。但整本《欧游杂录》里没有出现关于留学生的事情，更没有陈海宁。李鸿章的信里出现了那两个留学生的名字，作为当时的中堂大人李鸿章都是清晰地写上去的，仅此一点已经看得出其对军工类留学生的重视。而像陈海宁这样的留学生，如此优秀却只字未提，这更是能体现出在当时洋务派官员心中孰轻孰重了。

徐建寅和陈海宁之间的关系，确实更加微妙了。

重新回到陈海宁的这条线上来，继续推理下去有些令人觉得悲伤。陈海宁第三次被调离山东机器局，是被徐建寅带到了身边，一起到了汉阳。如同终于不放心自己的孩子，惩罚已经不管用，只好带在身边亲自教导。即便如此，陈海宁还是又发表了下一篇论文，那年是一九〇二年。而这一年，徐建寅已经死了，死于一九〇一年时在汉阳钢药厂试验无烟火药的意外事故。同样是爆炸，同样是意外，同样是无烟火药。

陈海宁，是爆炸事故的亲历者。

陈海宁当时到底在不在现场，完全无据可考，但从前面的推理不断延续到这里，不禁让人嗅到了一些令人不悦的仇恨感。

我极不喜欢这种因为理念的不同而生恨的事情，特别是很有可能他还是凶手，一百多年来一直找不到的那个造成炸死徐建寅的重大事故的凶手。

那么最后陈海宁有可能是自杀谢罪？反正绝不可能是一起冒失鬼的失误造成的事故，但如此大的伤亡，也太过分了些……况且这样惨重的后果，已经在汉阳亲眼见过一次的陈海宁真的还能下得去手？还要找那么多人为自己的谢罪而陪葬？

还有那身奇怪的衣服。胸前配有那么一串串金属片，不禁让人想到或许是防弹衣雏形，所以难不成……他是杀害徐建寅的凶手这件事已经被怀疑或者被发现，所以处心积虑地想再次引发一场相同的爆炸，诈死然后桃之夭夭？结果诈死反倒成了炸死？怎么想来都不可能，如鲠在喉的不快让我无法继续。但多少也是有成果的，我便一五一十地写了简短文字，连同复印下来的所有论文翻拍成照片发给了邵靖。

已经有很久没和邵靖面对面说话了。他看到我发过去的东西后，立即就回复了，约我第二天见面聊聊这个既有趣又让人不快的事情。

就在他们历史档案馆休息区的沙发处。

邵靖把自己的笔记本电脑放到茶几上，用一次性纸杯给我们两个人都打了一杯水，坐了下来。

"有没有看过陈海宁几篇论文的内容？"邵靖说话永远是没有任何铺垫直入主题。

"看过几眼，但看不懂。"我如实地回答。

他则不紧不慢地打开了电脑，点开之前我发给他的翻拍图片，又将电脑屏幕转向我的方向，说："太具体的我也看不懂，但仔细看看，多少还能找到更多有趣的细节。"

"你是要说他一直研究的是扑翼飞行器？这个我昨天也在说明里说过了。"

"不仅如此。"

"嗯？"我虽然有点摸不着头脑，但还是又一次仔细地看了看。

邵靖知道我肯定不可能再发现什么新的东西，便不多等皱着眉头装作认真的我，指着屏幕上的公式，说："这个 P，是功率输出，对吧？"

我点点头。

邵靖熟练地把几篇论文放到同一个窗口对比着继续让我看。

"他在一八八四年第一次发表论文时，基本上没有计算太多机翼的功率问题，而是着重论证椅子起飞时的平衡性，还有这个挂在椅子底下的秤砣的最佳重量。"

"这个应该是陈海宁在留学之前就基本完成的试验数据,在德国大概就是最终完善了它。"

"想必如此,不然在《莱茵工业报》中,也不可能出现能飞到天空还能安全着陆的风筝照片。"

"那么还能说明什么?"

"再看后面的吧,时隔十二年,论文里的扑翼飞行器完全成型。就算你我这样的外行,也能一眼就看得出来了。"

我继续点头。

"而陈海宁的着重点也完全变了,你看这个,机翼的尺寸和扑动频率也好,每个元件的机械设计也好,根本都没有再多讨论。"

"数据基本上就从风筝那里延续下来就好,想必他在那时就已经设计好了机翼之类所有的机械结构。"

"他对自己的机体设计非常有信心。"

"似乎是……"

"不是'似乎'而是'一定'。因为他从这篇论文开始,一直讨论的就是扑翼飞行器动力源的问题,而非机体设计了。"

"呃……确实呀,这里出现了蒸汽机。"经邵靖提醒,我再看一八九五年的论文,似乎更看出些门道来了。

"而且在论文里的蒸汽机的重量是恒定的,"邵靖又把几篇论文并列对比给我看,"也就是说,最开始那个秤砣的最佳重量就是蒸汽机的重量。所以,很显然一八九五年的这篇论文设计出来的扑翼飞行器是不能成功的,因为他论文中的这个重量的蒸汽机输出功率不够。"

我喝了一口水,等待下文。

"我查了一下历史上的扑翼飞行器,在那个年代失败的原因基本上都是因为蒸汽机这种当时功率最高的动力源还是太过笨重。好了,我们不再深究这个,只是你可以从此发现一个转变。"

"转变?"

"是的。先看一八九八年的论文,他提出烧煤的蒸汽机是不合理的,煤炭的燃烧率太低,必须提高燃烧率。恐怕他刚好在山东机器局,有着得天独厚的便利条件,试验了很多种燃料,其中还有各种火药,但无论哪种火药都烧得太快,持续性太差,也不理想。这篇论文,与其说是机械设计类,不如说是化工类了。再看看一九〇〇年的论文,竟提出了改用酒精为燃料,太聪明了,并且肯定是经过很多次试验才得出的结果。如此一来别说燃烧率的问题基本解决,如果再根据酒精燃烧的特性改造蒸汽机,还可以大大降低蒸汽机的重量。同时,你看他的论文结尾,也提到开始着眼于用内燃机代替蒸汽机的可能性。"

我知道接下来要有转折了,因为一九〇二年本身就是陈海宁的重要转折点。

"但,你再看一九〇二年的这篇论文……"

邵靖没有说完,只是把其他的论文都关掉,放大了这一年的画面。

当我顺着邵靖的思路重新看这一篇论文时,一下子发现了我一直都没发现的蹊跷，也就是邵靖所说的"转变"。

"这家伙，"邵靖在面对转变时，不由自主地更换了对陈海宁的称谓，"竟在一九〇二年的论文中大篇幅地用起了人力动力。虽然他在论文里写了放弃蒸汽机的原因是为了节省出蒸汽机和燃料的重量，但这完全就是一次倒退。毋庸置疑！"

"为什么会忽然倒退？他不像是这种脑子不清楚的人。"

"为了……"邵靖神秘地一笑，"为了徐建寅。"

"嗯？！"突然从论文跳转回徐建寅，我一下子没有反应过来其中意味。

"徐建寅在前一年死了，怎么死的？"

"炸……"

"没错，突然间偏执地拒绝了一切明火的火力动能。"

我忽然间觉得胸中的憋闷一下化解却又有什么新的东西袭来。

"我的德语也不怎么行，但这篇论文里还是能多次看到陈海宁写'机械不需要明火'的言辞。一篇工科论文，竟透着这么多悲伤的情绪。"

"那徐建寅对他……那么多次故意调走……"

"惜才和调教。对于徐建寅来说，陈海宁这样的优秀人才，又是他父亲的弟子，怎么可能不爱惜。可是他们之间的思想，或者说他们整个的世界观都完全不同，一个是军事强大才是唯一目的，一切科学全是为了国力强盛服务，典型的洋务派思想，而另一个几乎没有什么世界的概念，只有他所潜心研究的扑翼飞行器。在徐建寅眼里，恐怕陈海宁就是那么个不成器的玉璞。"

如果说只是这样的一面之词,我觉得不能说不合理但也没有太多的可信度,然而现在,论文的内容就摆在面前,这种能让人感到悲伤的论文,又有什么理由不去相信。

"其实更有意思的在后面,"邵靖把接下来的论文打开,"我相信你一定和我第一次看到这篇论文时是同一个反应,瞅了一眼示意图之后匆匆扫过,只是注意到论文的发表时间和陈海宁被炸死的时间,而没有关注到论文本身的细节。"

我看着屏幕仍旧什么也看不出来。

"你一定漏掉了这个,根本没注意到。"

邵靖指着屏幕上一连串的德文中一个由两个字母组成的单词:Po。

我完全不懂德文,所以无论这个单词是长是短,混杂在通篇的德语中我怎么也不可能注意得到,更不用说注意到它的意思……呃,等等,当我正在心里暗自抱怨邵靖在我面前炫耀自己会德语的时候,一下子明白了这个单词的意思。它完全就不是德语单词才对,它是……

"钋?!"

"没错!"邵靖一下笑了。

我立即掏出手机来打开网页准备检索。不过,邵靖早有准备,在电脑上又打开了一篇一看就知道是晚清时期的报纸。

"一九〇五年《万国公报》就报道过居里夫妇发现了钋,所以就算是一直在国内没有再出过国,如此关心西方科技的陈海宁一定也看到了。"

"肯定了，况且《万国公报》也不是小报，销售面非常广。在泺口，想要买一定可以期期不落地买到。"

"况且论文里论述的本身也就是钋的发热功率。拒绝明火的陈海宁终于另辟蹊径地走向了完全不同的一个领域，真不知道他到底是怎么冥思苦想才想到了这个办法。当然，他不可能懂核裂变，做不出核反应堆，所以整个设计还是被禁锢在蒸汽机的框架里。这回就能看懂这篇论文的蒸汽机设计了吧？"

实话说，我根本就没打算过看懂……

"他把钋放到金属箱中，利用钋的放射线电离空气和金属箱放电，从而就可以产生极高的热能，接下来就还是蒸汽机的部分，用钋箱作为蒸汽机锅炉。只是问题在于他根本计算不出来这个东西的发热功率，整篇论文只是一个初步的可能性报告。当然，从数据上看，他确实做了相当多的试验才得出报告。真不知道他到底哪里弄来的钋。"

"等等，你刚才说他是利用电离放电？"

邵靖笑着点头。

"所以……"

"对，所以必然会有电火花。在他们那个年代，电火花和明火完全不是一回事，所以……引爆就在旁边的黑火药库房只是时间上的问题……"

"并且，他懂得了隔离辐射？"

"没错。"

"进一步说……我一直疑惑的那件挂有一串串金属片饰品的

奇怪衣服，实际上是他给自己做的铅衣？再进一步说，有那件铅衣在爆炸现场，就更能证明在爆炸时，他正是在做核能蒸汽机的试验？"

"正是如此。"

好像所有的疑点都说通了，真相果然不是陈海宁这个人没有尝试，冒冒失失地穿了一件奇怪的容易引发火花的衣服而造成的惨剧。更让我觉得松了一口气的是，陈海宁大概也并没有和徐建寅有什么必杀之恨。虽然结局依旧令人扼腕叹息。

"但是，还有一个问题，那么汉阳钢药厂那次爆炸呢？只是巧合？"

"在那个时候，黑火药工厂爆炸实在太常见了，我查到一九〇八年山东机器局还爆炸过一次，只是没造成太大的伤亡而已。"

确实没有更多证据去反驳邵靖。

但是我心中还是有着另外一套完整的关于陈海宁的故事版本。那个陈海宁一直怀恨永远要抑制着自己的才华、无法理解和支持甚至还总是折磨自己的徐建寅。并且，所有人都知道他对徐建寅的态度，因此才会被那些想要除掉徐建寅的保守派所利用。徐建寅意外被炸死时，陈海宁也在汉阳，这一点永远也不能随意抹去。而且，陈海宁太有作案动机了。之后呢？当然是要杀人灭口，却一直没有做到，一直等到慈禧老佛爷也死了，光绪皇帝驾崩，保守派同样大势已去的时候，他们再也等不下去，作为最后的挣扎，或者说是作为最后再对洋务派还有洋人的所有事物和知识的最后一次微不足道的攻击，设计炸死了陈海宁。

然而另外的这个人心险恶的版本，我并没有跟邵靖说。因为，他一定还是能找到证据来否定我的看法，况且以现在所掌握到的材料来看，他的推断看上去更合理，更贴近事实，我又何苦去讨这个没趣。

大概又过了半个多月，我发现自己依然对陈海宁的事情念念不忘。辗转反侧之后，我终于还是又一次给邵靖发了信息。

繁忙的邵靖过了好一阵子才回复了信息，但并没能满足我的需要，说自己在机械设计方面完全就是外行，而且一直也都是文史类的研究圈子，不过倒是可以找丁副教授试试看。

似乎只有这么一个选项了。没有别的办法，我只好给丁副教授写了一封相当长的邮件，讲了我和邵靖整理出来的关于陈海宁的人生，包括他的扑翼飞行器试验设计全过程，并且把陈海宁的六篇德文论文打包一同发送过去。

忐忑地等待到第三天，终于收到了丁副教授的回信。

在回信中，丁副教授先是赞赏了我和邵靖，竟能挖出这么有价值的人，给中国近代科学史又增添了坚实的一块砖。其后则是说自己是搞科学史方向，所以真正的机械设计也只是懂个皮毛，我问的关于陈海宁设计的载人扑翼飞行器到底合理性有多高，只能找他们学校的机械专业的专家来鉴定了。不过好消息是机械专业的教授看了陈海宁的论文之后，表示相当感兴趣，打算深入研究一下。既然专家能在百忙之中对这个自己科研项目之外的东西感兴趣，也就说明它本身具有合理性。接下来只有静候佳音了。

看着丁副教授的回信，感觉他温和的笑容和奇快的语速在我眼前交替浮现。

我不敢打扰丁副教授，所以接下来我只能等待，等待丁副教授再次回信，并希望那位机械专家不是仅仅随口应付一下丁副教授而已。

大概又过了一个月，在我快要把陈海宁还有他的扑翼飞行器忘掉的时候，终于再次收到了丁副教授的回信。

邮件不算长，但完全能看出丁副教授的激动情绪，同时我还看到了几张照片附件。

丁副教授在邮件里说，他们学校相当重视这次的发现，已经迅速组建起了一支科研小组，一方面继续深挖这个中国近代少之又少的科技奇才，另一方面也打算再造他所设计的载人扑翼飞行器。说来惭愧，竟没想到在一百多年前的中国人就能把扑翼飞行器设计得如此科学合理，唯独欠缺的只是动力部分，刚好当今最不成问题的就是动力，而其他的机械结构、机翼尺寸、扑动频率等都完全可以直接沿用，基本上无需大改就可以载人上天了。丁副教授还忍不住给我科普了一下扑翼飞行器在当今的意义，什么节省跑道长度之类，字里行间充斥着丁副教授的激动情绪。

我还没来得及点开邮件里的照片，就又收到了丁副教授新邮件。新邮件里只是短短的几句话，我仔细一看就笑了。丁副教授又来劝说我加入他们的科研团队，考学也好直接加入也罢，只是不想浪费掉我的能力。至少,丁副教授在邮件的最后似乎是退让到最后一步,说至少我来写一篇论文参加几个月之后的学术会议,现在报名还来得及。

丁副教授也真是一位值得信赖的好人。

我对着屏幕笑了笑,心中想着"我根本就没这个本事",然后找了一大堆极为得体的词,再次谢绝了丁副教授的好意。

回复了这封邮件之后,我又重新打开了丁副教授发来的上一封邮件,点开了那几张照片。都是一两个年龄较大的人带着几个年轻人,手里抱着看上去像机翼之类的组件,笑得开心。而每一张照片中,都有同样的一个物件,就是那把一百多年前曾经靠风筝带着飞上了天的奇怪椅子。

他们果然最先再造完成的是那把"济南的风筝"。

陈海宁这家伙要是能活到现在,就能看到当他的风筝剪断了线之后,不会坠下来了,至少不会坠得那么快、那么惨了。

枯苇余春

几乎不会有人在意唐李寒的死，包括曾经的我。直到近日，我才着了魔似的开始收集这个人的所有相关资料。

一开始，仅仅是从图书馆翻印出来的不起眼的一小块新闻报道以及报道所附带的一张模糊不清的照片，时间停留在一九二三年三月九日，惊蛰后的第三天。照片并没有拍摄尸体，更像一张有点失焦曝光且不精确的风景照，主体是一片芦苇塘。如果仔细看，从模糊的画面中还是能感受到当时北京初春的凛冽。也可以看出当时风沙很大，经过一冬，枯萎的芦苇整齐地向一边倾斜。报道内容，则不到三百字，极为简练。基本上就是把案件的时间地点人物以及结果报道出来而已，毫无渲染，也看不出会有后续报道的意思。

事件基本就是：在惊蛰当天，有骆驼商队路过城北外苇塘时发现浮尸。警方立即确认死者为唐李寒，死于钝器重击后脑，尸体受伤多处，有虐杀痕迹。两日后，唐李寒的二哥以及唐李寒的情人被逮捕，苇塘虐杀弃尸案结案。

仅看报道，唐李寒一案不外乎一件家族情杀案件，只是因为尸体遍体鳞伤惨不忍睹，才引来了几家小报稍显有模有样的报道。不过，虽然是有虐杀情节的案子，但并不是无头尸，再加上凶手很快就捉捕归案，所以根本没能发展成都市传说那样的奇异悬案被老百姓津津乐道，口口相传。整个事件不到三天就在报纸上完全消失了。

事件冷却得如此迅速，的确让人苦笑。唐李寒这个人，就算是被虐杀，也死得冷清寂寥，真是一个可悲至极的人。

至于我为什么会关注到唐李寒，原因倒是不算离奇。

我有一本唐李寒生前出版的书，名为《愚荆馆诗话》，出版的时间是他被杀之前三年，一九二〇年。不记得具体是什么时候，我在旧书市场淘到一箱品相还不错的民国书，这本相当厚实的西洋式平装书夹杂其中。只看书名，已经看得出这个人是多么不合时宜，在新文化运动之后，谁还会看什么古体诗论，况且这要是章太炎写的，或许还会有些人买账，一个叫什么唐李寒的名不见经传的家伙写的，谁会去看。只不过，这个名字多少也被我记住了。直到前段时间，我翻阅民国的报纸，想给自己写小说找些灵感时，偶然看到了他的名字，在"苇塘虐杀案"的报道里。

怎么说呢，有一瞬间我觉得就像是看到一位长久不联系只记得他名字的同学被杀登报了一样，突然有点恍惚。

假若不清楚唐李寒到底是个怎样的人，单单只是看报道的话，或许并不会看出什么蹊跷，恐怕当时的警察也没有察觉到异常，既然抓到了凶手，结案自然没有问题。

虽然当时的我也并不会了解到更多，但拿着影印出来的新闻报道，反复看了又看，我觉得或许该由我来为其找到真相，也不枉费了我与这家伙之间的一书之缘。

在文学研究上有一种古典研究方法，名为"知人论世"。词是借用自《孟子》。方法则是在研究一篇文章之前先把作者的生平事迹、狐朋狗友、兴趣爱好、父亲祖父统统扒出来了解透彻，这样才能对这篇文章有更深刻的鉴赏。这是相当古典的一种方法，实际上进入现代，已经被各路现代学术门派所不屑。这种方法的确有先天的弊端，文章——要被研究的文本——一旦由作家创作出来，就是作为独立的个体存在，不应该也不需要再和创作者有什么联系。

然而，这种古朴的方法，在我看来有很多十分实用的地方。

因此首先要做的自然是先好好研读一下这本《愚荆馆诗话》了。

说到"诗话"，估计一般能联想到的都是明清大儒们所著《静志居诗话》《带经堂诗话》之类，再早点的自然有宋代的《六一诗话》《沧浪诗话》。但到了清末民初，"诗话"还有人愿意看的，只有梁启超的《饮冰室诗话》、王国维的《人间词话》了。全社会都在倡导着新诗改革，名不见经传的家伙出一本看上去古板守旧的诗话，确实不会有人去看。

只是再次翻开这本厚实的书，感受竟和第一次读它时没什么两样，惊奇感从破旧的纸张上扑面而来。能写出这样的诗话的家伙，绝对异于常人。就算是放弃"旧学"将西方美学注入古典诗学的王国维，仍旧是用着典雅的行文和笔记式的文体。而这本《愚荆馆诗话》看似是笔记形式，除去一些说明文字外，每一条实际上都是用汉字和等号、括号、加减乘除、横线、竖线组成的公式。这些东西……猛一眼看过去，真以为是天书了。

我仔细看了几条公式，讲的基本上是：用什么样的词语，比如说"红雨""苍天""梦醒""擎剑"等等之类，就要配上什么样的意境，再配上什么样的韵脚。只要配比符合公式，一首出色的格律诗就写出来了。

唐李寒在诗话中不厌其烦地尽可能将所有可能性列出逐一分析，还时常会提到这种数学公式之美实际上和诗歌之美是完全相通的，越是能解析出美的公式，也就越是美的诗。不过在我看来，书中所列出的那些，与其说是数学公式，不如说是化学方程式了。

仅凭他能耐着性子逐字逐句分析推演写出这么厚一本"天书"来，就完全可以确定唐李寒绝非常人。不过，异于常人的人也多种多样，他到底是哪一种呢？以及不能忘了的是，无论他怎么与众不同，最终还是惹来了杀身之祸。

这样真是让我对这个家伙产生想要刨根问底的兴趣了。

当然，这个刨根问底的方法还是不脱离我所说的那个"知人论世"法。以《愚荆馆诗话》的出版时间和那个名不见经传的名为"环宇少年书局"的书局为线索，很容易就翻到了唐李寒在一九二〇年之前连续发表在各种小报或者周刊上关于诗歌理论的文章。

能找到这些自然要感谢现如今强大的电子期刊数据库，在网上购买账号，进入数据库直接输入自己拟好的关键词，文章轻易就可以翻出。

效率变高，我就更有时间来细读他的文章，几篇读后，感到文章的主旨和《愚荆馆诗话》所表达的大同小异，可以说那本诗话是他之前发表的各种文章的集成。然而我在意的，并非他的文学观和独特的诗学理念，而是他到底是个什么样的人。

什么样的人？绝对的怪人，不合时宜，或者说完全就是逆时代而行的家伙。我脑子里甚至已经想象出他的形象，在胡适他们洋里洋气地写着新诗的时代，穿着长衫一脸食古不化、未老先衰的样子讲着数学和诗学之间的关系。虽然还看不出这家伙是不是还有些自恃清高，但这些已经完全可以映照出一点，即：唐李寒怎么可能有情人？

这当然也就是我看到那篇虐杀弃尸案报道时，最先发觉的疑点。一个一心写着天书的人，竟然被什么情人和自己的二哥勾结杀掉，太不对劲了。

接下来，我又试着在数据库里检索了一番，特别是在唐李寒偶尔发表文论的报纸和周刊上逐年浏览，确确实实没有遗漏的文献。看来这个报刊数据库里的文献已经被我穷尽，要想有新发现只能到其他的地方继续探索了。

我打开邮箱，迅速地给在历史档案馆工作的大学同学发了一封邮件。邮件很简单，把我所想好的关键词逐一敲入正文，不必加任何说明，甚至连邮件名也只是随便敲个"我"就可以，这家伙完全能明白我的意图。当然，虽然我的正文简练，但也绝不能有错别字，并且要每两个词用顿号隔开，最后还要加上句号完结。这是这家伙的强迫症，只要是文字就必须是完整形式。

他叫邵靖，是我大学时代算得上志同道合的好友，不过他是一路深造，我则不务正业地以卖小说为生。幸好他倒没有嫌弃我，多年来一直保持着默契的合作关系。

从刚刚发送邮件算起，也就不到五分钟的时间，邵靖的回信就跳了出来。点开邮件看，这家伙竟然已经把我想要的相关文献打包存入附件发了过来。看到其中还包括了那个名不见经传的书局的相关资料，更是不得不钦佩这家伙的能力。

简直就是一台人形电脑！在我已经无从下手的情况下，他竟还能游刃有余地找到这么多东西。然而，我却不打算现在继续看新的文献，因为我知道在此时，案头工作应该暂时告一段落，真正艰难的探查即将开始。

我把自己手头的文献打包发送给他作为回报，随后准备出门了。

城北的苇塘，到底是什么地方，看似过于常见的地点，实际上并不难查到。报道中还说到尸体是由骆驼商队发现，那么位置就更容易确定。

案发时间是一九二三年，我便找来当时的北京市地图来看。目光锁定在西直门与德胜门之间的北京城西北角，轻易就看到了在城墙外浅绿色像一条鼻涕虫形状的水域图示。在鼻涕虫的身上从右向左写着两个字"苇塘"。

不会有错，正是这里。

手机上看到邵靖发来的信息，只有五个字和一个句号：报道有问题。我面带微笑地发了一个微笑的表情回去，没多说什么。

这家伙果然敏锐得吓人。

真想打扮得像个侦探一样再出门,最好还能是那种硬汉派穿着件褐色风衣戴着顶黑色圆帽,对了,还必须戴上黑色皮手套,一手捂着帽子,一手意味不明地揣在怀里。可惜我既没有这么一套行头,天气太冷这样穿也根本不现实。

话说,今年的天气的确太冷了一些,已经过了雨水,还是冻手冻脚。

那个曾经叫"苇塘"的地方不必翻出后世的地图一一对照,我也大体上清楚那是哪里,坐着车到了新街口豁口站下车。

我倒是有这样一个特殊"能力",就是只要站到事件点,立即就能凭想象在脑中还原出当时的场景。拿着照片来对照我的描述,十有八九都没什么错,这一点就算邵靖都佩服不已。

从二环积水潭桥下面穿过时,我脑中浮现的则是穿过了老北京城厚重的城墙,一步步到了城外。过了桥,路西是借着老护城河的水新搭建的水边散步道。我伏在桥上向水中看看,满眼都是民国初年护城河湍流而过的样子。而在河外,现在是大概两百米长的一道不高的灰墙,墙内可以看到些厂房一般的建筑。墙内,正是那个苇塘的所在了。虽是为墙所拦,我仍能想象出苇塘在初春芦苇一片干枯到如死了一般的景象。苇塘后来改名太平湖又存在了十来年,但因为年年芦苇腐败,恶化环境,最终干脆把水抽干,改造成了当时环城地铁的车库。

现在这里依旧是二号线地铁的总库,我走到灰墙中央的栅栏门前向里看看,并没有看到什么特别的。前面又是一条河,那条河会一直向西绕过西直门外，通过动物园、紫竹院湖一直到颐和园的昆明湖再到玉泉山。这条水系年代同样久远，元大都建城时就有了雏形。只不过后来河道干枯再加上多次人工改道，变化还是相当之大。

站在铁栅栏门前，回头看看二环，大概估算出距离有一百五十米。这个距离也就相当于当初从苇塘到城墙根儿的距离了。往回走了几步，我想象着当时的情景。南边是风化严重、被冬天来来往往的商队所带的煤灰害得黑灰斑驳却还是沧古雄浑的城墙，城墙下先是环城铁路的围栏，再是说不好是湍流还是已经开始干枯的护城河，护城河与苇塘之间有供商队通行的前往德胜门的小路。继续想象那天的清晨，惊蛰刚过，北京必然是黄沙漫天。一队骆驼商队，经过城外农田农舍、荒芜的沙地和远处的坟岗，在黄沙遮蔽下如同一轮圆月一样微微泛着暗红的太阳下，或许是驮着煤（不过，煤一般会从阜成门进，那边更顺路），或许是驮着些城里人所需的日常用品，在苇塘边走过，除了驼铃单调地响着，悄无声息。赶着骆驼的人，只是偶然间扭头向路边的水里一望，正看到漂浮在水面上的尸体……

场景看得差不多了，我便不多停留，坐上车回了住处。想着刚才路过护城河时看到的水面还有想象中的城墙外的景观，更加在意起那篇报道里的细节了。

我到了家，逐一打开邵靖发来的材料。

最关心的自然是那家出版了《愚荆馆诗话》的书局。邵靖把这个名为"环宇少年书局"的书局底细全都翻出，该书局一共只存活了一年，也就是从一九一九年底创办、印出第一本书之后，仅仅坚持到了一九二〇年底便销声匿迹、再无动静了。在一年间，从未发行过期刊杂志，从书名上就可以轻易判断出该书局出的书可以分为两种类型。其一为东拼西凑当时最流行的话题，呼吁觉醒也好，教育、农业、科学也罢，全都是一眼就能看出是把五四运动之后冒出的《新潮》啦《每周评论》啦之类的各种新期刊上的文章直接抄成合集，出版卖钱。其二，则是一大堆乱七八糟完全摸不着头脑的书，大概有小说有诗集也有像唐李寒那样的古怪诗话。

再继续看邵靖找来的材料，关于该书局，果不其然，翻出了我的猜测得以证实的信息。该书局在《顺天时报》上打了一段时间的广告，广告内容大体上就是说该书局为广大有着文学理想的青年打开了一条走向文学的康庄大道。说白了，就是只要花足够的钱，就可以出书。我自然最关注的是价钱，出一本书价格三百元起。这个钱在当时相当不少，差不多是胡适在北大做教授的月薪。显而易见，这个唐家至少是个中产阶层了。

放下那个书局的材料，接下来看关于唐家的档案。

只有唐李寒这一个人的名字，邵靖竟就能把他家兄弟三人的资料都找出来，况且还在那么短的时间内。我再次对他的能力赞叹了一番。

唐家的三兄弟分别名为唐宁波、唐芬瑞、唐李寒。祖籍是湖南桃源，在清朝末年，大哥唐宁波就带着两个弟弟一同从湖南来了京城。可惜唐宁波在废除科举之前屡次科举未中，到底还有什么其他事迹，文献并无记载，倒是二弟被游美肄业馆选中，送到清华学堂进行留学培训。辛亥革命爆发，清廷彻底垮台之后，大哥唐宁波渐渐有了前途。他在天津塘沽港承包下了不大不小的海运公司，二弟唐芬瑞则因为大哥的生意过于繁忙再加上需要他这个通晓英文的帮手，从而没有去留学而是去了天津，直到大哥的生意风生水起，才从天津回了北京。此时虽然错过了留学的最好年龄，倒也没有荒废，在大哥的全力资助下最后去了北京大学继续深造读了商科。兄弟三人，唯有唐李寒似乎一事无成，既没有出国留学也没有跟着大哥做贸易，在有钱有闲衣食无忧的情况下，只是一个人憋在家里写着"天书"。

因为大哥的生意，才让唐李寒有钱自己花钱去买版印书，这样一来就都合情合理了。

从邵靖发来的资料里还能看到两个我自认为非常重要的信息。一个是在北大上学的唐芬瑞刚好赶上"五四运动"，从一九一九年之后，他似乎开始热衷于政治运动，忙于四处演说。另一个则是唐家在北京的住址——在新街口和北城墙根儿相交不远处的胡同里。

接着看到了邵靖打包发送过来的第三份材料，材料的文件名里用括号标明着"禁止外传"四个字和一个惊叹号。显然这是他动用了一些灰色手段才搞到的东西。材料内容不像之前两份那样信息丰富，仅仅只是一个截图。但一看到截图的内容，我倒是一下子兴奋起来。不知他是从什么内部文件里截下，上面明确表明了唐宁波也就是大哥的后人一直还住在新街口的那条胡同里，就算后来拆迁，也还是回迁到了新盖的小区里，从未离开过。

我立即就有了新的构想，既然他们的后人还都在那里，不妨直接去找他们，让他们亲口说出些什么，没准会更有意义。特别是在邵靖发来的文件中完全缺失了那个最初令我生疑的唐李寒情人的信息的情况下。

如何才能让唐家的后人开口提及几乎一个世纪之前的事情？实际上也不难，我以前曾这样做过多次，那就是在做足了功课之后，假装自己是在做老北京人的口述史，进行对寻常百姓的采访记录。一般来说，最普通的市民百姓都不会拒绝甚至有相当的言说欲望。这也难怪，口述史正是为了给这些在历史上很难发出声音的人一个发声的机会。

新的计划已成，我倒是不急于实施，而是发了信息给邵靖。此时，倒是真想看看他还能有什么新的见解。

很迅速地，邵靖就回了信息，内容依旧简短：这是密室杀人，看邮件。

密室杀人？这进展也太跳脱了一些吧。不是弃尸在苇塘这种开阔地吗？哪里来的密室……

邵靖发来的邮件，又带一个打包附件。我下载下来点开看，是从一九一九年到一九二三年的《北大日刊》。由于是日刊，所以要想阅读整整五年的内容，是相当庞大的工作量。不过，邵靖倒是体察到了我的不易，已经将重点截图做了一个 PDF 文件。当我粗略地看了截图内容，略思索了一下之后，立即恍然大悟这个所谓的"密室"到底是怎么回事。

截图文件里是《北大日刊》公布的演说活动安排表，在一篇篇布告中可以轻易找到唐芬瑞这个名字。正如邵靖上一次发来的材料中所展示的，自从"五四"之后，唐芬瑞就开始醉心于演说事业，有种四处巡回演说的架势。算算年龄，也是二十七八岁的样子，还混迹在一群朝气蓬勃的大学生之中，慷慨激昂地演说着不知是什么内容但也能猜出七八的东西——大概正是那种"五四"之后妄想从学生领袖走向仕途的典型人生计划了。一九二三年的三月，也许正是进入了他人生中的巅峰。北大为他安排了连续一整个月的演说活动，虽然不是什么大场合，但也都是在沙滩北街的北大红楼老校舍的教室里。活动安排是每天下午三点开始六点结束。

或许是因为"新街口豁口"这个地名太根深蒂固，直到邵靖用这些文献一次又一次地敲击着我的大脑，我才忽然意识到新的问题所在。

在一九二三年，北京还是被城墙所围，所谓的新街口豁口，那也是一九四九年以后才在城墙上敲出来的城墙豁子。并且更关键的是，日落时分北京城就会关城门。三月五日当天，唐芬瑞需要到晚上六点才能结束演讲，在《北大日刊》以及数据库里翻找了那两天（也就是一九二三年三月五日之后的几天）其他的日报新闻，都没有任何关于北大演讲提前结束的报道。也就是说，人在沙滩即北京内城的腹地的唐芬瑞假若是直接带着唐李寒的人或者尸体赶到离城外苇塘最近的城门德胜门，路程少说也有六公里，待抵达德胜门，城门早就关闭了。尸体是三月六日一早被发现的，那条路在白天都会有无数商队路过，不可能在众目睽睽之下出现浮尸却迟迟未被发现，因此同样可以确定的是，尸体是在三月五日晚上被弃入苇塘的。

两件事放到一起，所谓的"密室"也就显而易见了。

唐李寒被虐杀的那天，整个北京城就是一个密室，尸体在密室外，而凶手在室内。

或许在搜查文献的过程中，也是一步一步地把路给走偏了。我将这样的判断告诉了邵靖，他也表示同意，并打算重新把重心调整回到最初。然而，那个最为初始的问题仍旧没有一丁点进展，也就是那个唐李寒的情人，是谁，什么身份，在整个事件中又是充当了怎样的角色。

没过一会儿，邵靖又发来了信息，这次并不是用邮件形式再扔给我一大堆文献资料，而只是发来两个名字：牧晓、寒叟。

这是一种默契，就像我什么都不说直接发几个关键词给他，他就知道要查什么东西一样，当我看到这两个名字时立即就明白了他的意思，打开数据库开始检索。

按出现时间排序，先是寒叟后是牧晓，以一九二〇年为界，以一九二三年为终结。

显而易见，这两个名字正是唐李寒用的两个笔名。署名"寒叟"的全都是旧体诗，而署名"牧晓"的却无一首诗作。唐李寒这个家伙，在自己印了《愚荆馆诗话》之后，似乎也完全放弃了诗歌创作以及他对他自己研究出来的诗歌理论的坚持。

使用以"叟"为名的笔名，倒是更能体现出一个自命不凡却又无人认可的年轻人心态。随后又改为带有朝气和希望意思的"晓"，也许算是他心态逐渐成熟的一个表现，只可惜三年之后所有的进步都戛然而止。

"寒叟"的诗作有七十一篇，除去三篇早在一九一四年就已发表的，其余的全是在一九一八年到一九一九年这两年间发表的。在邵靖找来的材料中知道唐李寒出生于一八九八年，也就是说他在十七岁的时候就已经开始发表诗作。无论作品质量到底如何，能做到这一步也该称得上是个少年才子了。一九一八年算是唐李寒创作的第一次大爆发的年份。可惜我实在不懂诗歌，旧体诗也好现代诗也罢，都读不大懂，只好硬着头皮当破解谜题的线索来阅读。

阅读的过程中，果然有发现。

发现之一，便是这些诗作里，有不少篇名和内容都似曾相识。大概是因为我的记忆力不够强，我只好再把之前找过的直接署名"唐李寒"的文章翻出来看。我发现，在唐李寒的诗论文章中所引用的格律诗样本，除去那些经典规整符合标准的唐诗宋诗以外，全都是署名"寒叟"，也就是他自己所作的诗作。我又重新读了一遍唐李寒在杂志上发表的诗论。虽然没有像《愚荆馆诗话》里那样几乎通篇方程式解析，但整体的论证思路没有变化，也可以说《愚荆馆诗话》里的方程式是唐李寒在之前几年写诗论的最终结晶。从某几篇诗论的行文看得出，唐李寒很兴奋地在和什么人辩论。然而，如果仔细看就会发现，几篇文章所针对的全都是同一个点，也就是说更有可能是有某个人发过一篇质疑他的文章之后就再没有搭理过他的回应，唐的几篇文章只能说是连续回击却像击中海绵一样毫无回响了。

看到这里，我不得不再次感慨唐李寒的人生悲凉。就算他说得再有道理，再怎样有新的见解，在新文化运动的那几年，格律诗旧体诗都是逆时代而行的东西，这可不仅仅是用孤独无助可以形容的。更何况，就算我这个不懂诗的人来看，也能看得出唐李寒用自己的理论所创作出来的诗，除了格律还算规整以外，确实毫无诗意，根本没有做到他自己所说的那种词语与氛围的配比。他大概根本就不该去写诗。

那么接下来就该说发现之二了。或许这个发现与唐李寒被杀关系更密切。

自一九一八年起唐李寒突然爆发式地发表诗作，也是另有原因。这个原因大概十分显而易见，因为他所发表的所有诗作，即便毫无诗意，但仍旧一眼就能看出统统都是情诗。如此一来，一下子有种柳暗花明的感觉。她，那个从一开始就成为最大的疑点却从未出现过的唐李寒的情人，终于开始或多或少地让我捉到些影子了，虽然现在依然一片朦胧。

我又仔细通读了一遍唐李寒的所有诗作，包括那些诗论，在这些文献中确确实实再找不到那个情人的任何直接线索。不过，有一个点我仍是看在了眼里，就是时间。

唐李寒第一次发表情诗是在一九一八年二月。我把他二哥唐芬瑞在当时的行动时间表拿出来对照，看到正是在一九一七年底，唐芬瑞入学北大。由于唐芬瑞的年龄相对比较大，再加上需要有所收入，所以他从一开始就是以半工半读的身份上的北大。因此，进入一九一八年，唐芬瑞也同时以教职人员的身份在北大活动。这个时候唐李寒在哪里？同样是在一九一八年开始了人生的新篇章，这样的一个时间焦点大概并非偶然了。

可惜在现在所看到的文献中，那位神秘的情人依然只是一个影子而已，只能说是确认了她的存在，但具体叫什么名字、有怎样的人生，仍是一无所知。不过幸运的是，另一半文献还没有开始发掘。

牧晓，使躲在这个名字后面的唐李寒摇身一变，从那个蹩脚的诗人变成一个小说家。

第一篇小说发表于一九二〇年十二月，从此时起，寒叟不再出现，牧晓正式登场。和诗歌不同，小说的第一部在很大程度上就定下了一个小说家一生所创作的小说的调性。一辈子只是换着不同的叙事手法讲着同一个故事的小说家比比皆是。因此，这一篇我阅读得十分认真。

小说名为《玉石记》，仅仅看篇名，我就有些为他捏把汗，再看内容，男主人公果然是贾宝玉。这篇小说篇幅不长，估算来看顶多一万字，倒是不算难看，至少文笔上可圈可点，不过，在阅读的过程中总有种似曾相识的感觉。故事上并没有什么特别，就是贾宝玉带着一个名叫童思的女性角色游玩大观园。小说既没有冒险又没有讽刺，更没有在当时最受文人青睐的表现苦闷孤独的问题小说的主人公，只是优哉游哉地逛着园子，聊着风花雪月，甚至连言情都没有。这个时候，鲁迅早就在《新青年》上发表了数篇白话文短篇小说，再过不到一年的时间，郁达夫也将出版《沉沦》一炮走红。

正在为唐李寒叹息，我忽然意识到刚才那种似曾相识的感觉是从何而来。凭着我对古典白话文小说的记忆，一口气翻出了包括《红楼梦》《镜花缘》在内的多本小说，找到几个主要的女性角色出场的片段，与《玉石记》的文字对照……短短一万字的小说，我至少一下子就找出了六处几乎完全一致的段落，其中史湘云一段只字不差，统统塞给了童思这个角色。

我一下子觉得极端无奈，真不知道这家伙又在搞什么鬼名堂。说实在的，看到这里就连我这个一百年后的旁观者都想把他抽打死了。然而为了找到我想要的线索，只能继续硬着头皮看这家伙的小说。

《玉石记》之后，唐李寒又用"牧晓"这个笔名连续发表了多篇短篇小说。我小心翼翼地逐一对照着古典小说阅读，发现无一例外，只要是人物描写，统统都是用前人作品拼凑而成。并且这种拼凑，在当我压抑住本能厌恶情绪之后，发觉也并不是那么不堪，甚至有的地方还很合理。我想起在唐李寒的《愚荆馆诗话》里也表达过类似的观点，用方程式模块化地进行文学创作，这似乎是他从诗话理论中的一个延续。

继续往下看，唐李寒的小说越做越露骨，就算是再不熟悉古典小说的人，恐怕也都能一眼看得出这里面的猫腻。这样的小说，似乎已经不是在创作而是在挑衅了。

不出所料，过了一年半之后，唐李寒终于耐不住性子，直接用"牧晓"这个笔名发表了一篇小说论。小说论的主要观点就是：小说的人物可以靠模块组合来完成。简单说就是人物从长相穿着打扮到性格都可以直接从成熟的小说中提取自己所需要的模块即可。唐李寒用了和之前诗论同样的战术，自我营造争论激烈的氛围。在抛出观点之后，用刻意反驳的语气说为什么不可以这样，并举出李逵就沿用了大量张飞的人物形象一例。随后，从这里进一步加强理论，再次拿出张飞李逵说事，张飞李逵是脸谱化，而他的理论则要比脸谱化创作出来的人物丰满得多，是在各个角度进行拼贴补全。这篇文章发表时间是一九二二年七月，距离他被杀还有半年的时间，留给他努力表达自己艺术观的时间越来越少了。

真是个可悲的人，那个时候的文人还在为科学和人生观的论题激烈辩论，整日在破除封建和零余者的问题青年之间不亦乐乎的文坛，谁会来搭理这种不关乎社会民生的理论，在这种理论下创作出的小说，当然也更加拿不上台面，无人问津了。

唐李寒这个人注定与时代格格不入。既然不在乎时代的品位，就不该在乎时代给你的冷漠。

目光离开电脑之后，我写了一条信息发给邵靖：帮我查一下一九一八年是不是有一个名叫"童思"的女学生入学北大。

不必等邵靖回信，我只是为了再次确认一下而已，在阅读完所有该阅读到的文献之后，这个名字，已经将又一条线从暗处引出。

似乎所有的问题都因为这个名字而明朗化。在唐李寒的小说中，无论是给女主角宵娘的容貌还是燕白颔的性格，她的名字永远都叫童思。这简直就是唐李寒从开始写情诗就贯穿始末的执着了，想一想这个应该就是名叫童思的女学生，恐怕在同学们的面前也万分尴尬吧，特别是当她的同学里还有一个正是这位骚扰者的哥哥时。更何况唐李寒如此偏执的骚扰绝不可能只体现在文学作品上。

到底他们之间发生过什么样的情感纠葛，自然无从考证，但从结果来看，假若报道是准确无误的，那么就应该是唐芬瑞和童思联手杀掉了唐李寒。

加入了童思后，唐氏兄弟这最后五年的生活一下子丰满且合理起来。

大哥唐宁波的公司在几年的努力下，终于稳定下来开始运转。二弟唐芬瑞大概还会在塘沽港和大哥一起看着载满货物拉起高亢汽笛的货轮缓缓驶离海港，把一腔的惆怅吐露。夕阳映红了远去货轮蒸汽机烟囱中冒出的滚滚黑烟，大哥才终于松下一口气，拍拍二弟的肩膀，用几近沧桑的声音说了句"回京城吧"。

年少时所有的才学和努力，统统交给了大哥的公司。说是浪费又能说给谁听？被从清华学堂叫去天津，六年后又像是刑满释放一般只身一人回了北京。大好的时光错过了，留给自己的还剩些什么？更何况家里还有一个弟弟，一个百无一用却从小被夸赞聪明有才华的弟弟。那可是一个从小就会写诗、过目不忘博闻强记的弟弟。只要一想起这个弟弟，唐芬瑞就会濒临失控，那种情绪到底是出于嫉妒、怜爱还是仅仅是对自己的惋惜的一种投射，就算是唐芬瑞自己恐怕也根本搞不清楚。

幸好在天津时没有完全荒废了自己，英文一直用着，大概也无时无刻不挑灯夜读，让自己不被落下太远。从而回了北京，在大哥资助下，不负众望地考上了北大。不算吃力，就甩开了弟弟。

那么一天，不会像旧时中举一样，大张旗鼓地庆祝，但唐芬瑞终究还是叫了洋车来接自己离开这个家。

洋车一到，他就把不沉的贴身行李箱扔上去，头也不回地坐上车，从城墙根的那个刚来北京时就住下的宅子离去，在傍晚或是槐树荫下或是熙攘街道的北京城里一路下去，到了沙滩北大的校址，那该是怎样的一种解放了的心境。

然后，一个人步入了他的人生。这个人正是童思。

童思的容貌无从知晓，只好凭借唐李寒的小说，从那些古典佳人模块中提取再转换为民国装扮来想象。

时隔六年，当唐芬瑞再次步入大学的教室，一定一眼就注意到了童思。或许逝去的青春也在那一瞬间重新燃起，虽然这也不过是他一时的幻梦而已。童思到底是如何注意到他的呢，大概是唐芬瑞主动发出的攻势。赢得芳心的过程很难重现，但结果是必然的。北大是夏季考试夏末入学，他们相恋最快也要进入秋季了。北京的秋天，是最美的季节。北大所在的沙滩又是北京城最美的地方。出了校区，就是故宫的筒子河，站在北河沿吹着晚风听着秋虫低鸣看着故宫的角楼，说着理想聊着对这个世界的认识，宛如盛开在北海公园荷塘里的荷花一样美好的时光。但同时，也将是噩梦的开始。

一张惨白得毫无血色的脸，出现在教室门虚掩的门缝间。从那个深秋的一日，唐芬瑞上课的教室里就又多了这么一名"偷听生"。"偷听生"在那个时候的北大教室里并不稀奇，甚至北大以可以吸引大量"偷听生"代表着北大的学术环境自由开放为豪。像沈从文这样后来成为一代大家的也正是当初"偷听生"中的一员。所以，多了一个"偷听生"，对于北大生来说根本不会在意，哪怕这个"偷听生"看上去消瘦得怕是随便碰一下都会破碎。

然而，这个"偷听生"，当他踏进教室的那一刻，唐芬瑞算是彻底从幻梦中的天堂被击落，狠狠地跌回了最残酷的现实。

唐芬瑞一定是咬着牙盯着如同幽灵一般钻进教室坐到角落里的三弟唐李寒，所有的昔日记忆就如同北京春季漫天杨絮一样扑面而来，吸到鼻子里难受极了，甩却永远也甩不干净。正是这个三弟，让自己一直生活在白色阴影之下。他聪明，过目不忘，思路敏捷，无事不通，他一切都比自己强，哪怕只是强那么一丁点也是强，就算是获得大哥的赏识和疼爱，也都是三弟更多。

从天津回来立即搬家到了沙滩的中老胡同，找了个又小又破又阴暗的房间住下，就是为了逃离这个后来再不出家门的阴魂。而更让唐芬瑞跌入绝望深渊的是，身为"偷听生"的唐李寒，从进来的那一刻起就盯上了童思。

也许他还留有一丝侥幸,但当唐李寒迅速发起攻势,在报纸上发表了第一篇莫名其妙的情诗给童思时,幻梦彻底破灭。

不知是幸运还是不幸,童思对自己倒是一心一意。在突然出现的唐李寒的死磨硬泡下,童思也是苦不堪言。一开始她不敢去找唐芬瑞诉苦,因为她知道他们两个人是兄弟关系,但越是拖下去越是无处倾诉,最终她还是一股脑全都宣泄给了唐芬瑞。

或许会有一个在景山背面月下的悲凉一抱,从那时,大概"干脆杀掉这个家伙"的念头就生根在了两人心中。

这绝对是一个漫长的计划。漫长到唐李寒已经靠大哥的钱自费出版了自己的诗论,又从诗歌转投小说创作,他们还没有准备好。漫长到唐芬瑞在"五四"之后,已经给自己定下了新的人生目标,也同时开始为这个新目标而努力,他们的计划还没有准备就绪。但五年里,他们无时无刻没有忘记这个计划,就像唐李寒从来没有忘记过童思一样。一切的新生活都在等待,等待着唐李寒消失。

到底这五年里,他们是怎么度过的,我很难把每一个细节都想象出来,但他们长时间以来等候的某个最佳的时机,倒是可以清晰勾勒。想杀掉一个人,需要的是这个人消失了却不会有人注意。家人,唐芬瑞最为清楚,他本来就是唐李寒的家人。来到北京的只有他们三兄弟,大哥在天津根本无暇关照北京的家,那么能察觉到唐李寒失踪的家人只有准备杀掉他的唐芬瑞自己了。更为有利的是唐李寒没有朋友,并且他经常十天半个月不出唐氏三兄弟住的那个小四合院半步。唯独会因为唐李寒不出现而引起些注意的反倒是他们大学的同学们。一个眼神里满是偏执、面色惨白的"偷听生",正是近几年同学们业余时间的主要议论对象。这一点比较麻烦,唐李寒突然不出现,必然会成为他们新的话题。这帮聪明的脑袋瓜,立即就会猜到他被杀了吧。

太冒险了!唐芬瑞不可能让童思冒这个险,更不会拿自己的前程当赌注。所以只能等,耐下性子一分一秒地等。没有谁会永远做"偷听生",唐李寒亦如是,他总有厌倦的一天,而这一天也正是他死期倒计时的开始。

恐怕是过了一九二三年的新年,唐李寒终于停下了五年的"偷听"长跑。什么原因很难挖掘,不过在我阅读唐李寒转投小说创作之后的文献材料,也隐约觉察到了一九二二年底时他的内心发生了变化。前面说过的那篇假意辩论的小说论,正是这个时间前不久发表。也许他已经对创作小说也厌倦了?但我隐约觉得恐怕他更是在酝酿创作出一本与《愚荆馆诗话》相同的关于小说创作的天书。

只可惜,就在唐李寒蓄势待发的时候,自己早已种下的恶果所吸引来的毒蛇终于出动,死死地咬上他并且注入了致命的毒液。

唐芬瑞真的是一个相当有自制力的人,就算唐李寒不再去北大,他仍旧没有立即行动。要再等,等到同学们彻底忘记这个人找到其他的谈资为止。跨过一个春节,则变成了最佳选择。同学们回乡再回京,心情换了,关注点也同样更新换代。再加上大哥也会在春节回来,让他看到安然无恙的三弟,是必要的。待大哥再回来，只要用三弟病死了搪塞就好。以唐李寒的身体状况来看，毫无破绽。

该动手了。

行动的自然是唐芬瑞和童思两个人，他们分工来做。唐芬瑞申请到一整个月的演讲，并且特意将时间安排在下午。或许他在那时就已经熟读了柯南道尔的侦探小说，用北京城日落关城门的尝试给自己做足了不在场证明。虐杀，恐怕也是他们的方案一环，没有人会想到一个像童思这样看上去温柔知性的弱女子能做到将一个男人活活打死。况且，唐芬瑞最为清楚的是，能让唐李寒毫无防备地出门的人，恐怕也只有童思一个了。

童思的行动要么是在一早，要么就是过了中午，太接近傍晚万一被人看到很容易被怀疑。

我一边想象着当天唐李寒看到童思站在院子门外来约自己出城春游时喜出望外的样子，一边计算着他们在整个设计上所没能想到的纰漏，也就是暴露了他们的地方。大概就算是唐李寒的二哥也没有想到几年来唐李寒的身体更加虚弱，虚弱是童思能杀掉他的必要条件，但同时也成了他们计划失败的关键点。即便欣喜激动，唐李寒也不可能走得太远，刚刚从德胜门出城，恐怕他就已经三步一喘。因此，童思只好和唐李寒在城外看风景，勉强向西走了一公里多，坐在苇塘边，苦苦地一直等到天黑，才终于动手。同样，大概唐芬瑞没有想到，童思并没能把唐李寒的尸体运到更远的地方，只是丢进了苇塘。童思也没有想到，惊蛰后天气迅速回暖，苇塘的冰面融化，尸体浮出了水面。

在我沉浸于犯罪现场，把所有的细节一点一点合理化地去想象的时候，忽然电话响起，终于把我拉回现实。我也才想起来，我只是猜测童思是那个引起兄弟反目的关键人物，而到底有没有这么一个人都还没有确定。

"确有其人。"在听筒里，我依稀能听到他字正腔圆地把句号都仿佛用语气说了出来。

可是，邵靖竟然是打来电话，恐怕的确有什么地方不大妙。

"然而不要高兴得太早。"

"怎么？"不出所料，还是有问题。

"我在一九二三年三月唐芬瑞的北大演讲听众签名册上同样看到了她的名字。"

"有可能签完就走？"

"是每天演讲结束后的签名留念。"

"代签的可能性呢？"

"字迹上看，可能性极低。"

"好吧……"我沉默了片刻，"也或许还有其他的突破口。"

"嗯。"邵靖没有多说什么就把电话挂断了。

电话带给我鼓膜里的杂音逐渐褪去，我也重新从刚才彻底的失望中恢复。

人的确存在，那么导火索的作用依然不会变了。我想象出来的那些，恐怕也都是八九不离十的，差错只在于最后的方法。

看来，该做的只是回到原计划继续调查即可。

穿戴整齐后,我再度出门。

这是几天前就联系好的,伪装成做北京人口述史的青年学者,到唐家继续寻找线索。天气没有之前那么寒冷,同样几近惊蛰,春天的样子越来越浓郁,满城的风沙已经有了苗头,就算晌午,天色也是春天特有的昏黄。

联系到的是唐宁波的重孙,但我真正要采访的对象是他的父亲,也就是唐宁波最小的一个孙子,名叫唐羽,生于一九四五年,现在已经是七旬老人。能取得联系还答应接受我的采访,恐怕还是邵靖靠自己工作单位的权威争取来的。

我想也许真的可以借此契机将口述史给做起来。

暂时顾不得那么多,我只是随便穿了件外套就匆匆出门,乘车去了新街口。

唐家还是住在新街口内大街西侧的胡同里,过了将近一百年,从来没有搬离过也算是一个奇迹了。不过,说是没有搬离,他们最初来北京时置办的也就是唐李寒几乎不再出门的四合院,还是早就拆掉了。现在唐家所住是拆迁后住进的回迁房。拆迁的时间比较早,整个小区的楼房也都显得陈旧。

按照地址上的单元楼层门牌号,找到唐家,便按响了门铃。

开门的是一位身形发福头发稀松的中年男人,只要看一眼就能判断出来,他正是我之前联系到的唐宁波的重孙。因为时间正好是约定的时间,他没有多说什么,直接把我请进了屋。虽然是楼房,但大概还是留有早先住平房的习惯,没有换拖鞋进屋的仪式,这一点倒是让我轻松不少。只是房间里狭小阴暗,满是老房的古怪霉味,还是多少让人有些不适。这位重孙是满嘴京片子,听起来却一点都不优雅,痞里痞气的,也让人觉得有些不舒服。

老人倒是相当重视这次采访,穿戴得整齐得体,坐在客厅的木椅上,双手扶膝看着我进来。从老人的做派来看,看得出童年时家庭条件应该不错,受过良好教育,相比他儿子,恐怕好太多。

把我让到客座上,老人的儿子说了一句"还得去单位"就走了。

我是为了调查百年前的真相,当然会更加关心他家会不会还留有什么细节线索。但一来这房子早就不是当年唐李寒所住,从建筑装潢之类根本不可能有任何线索,二来我也不可能爬到人家床底下箱子柜子里面去翻,就算翻了又能翻出什么呢。

一切都只能靠从言语中寻找蛛丝马迹了。

我开始循序渐进地采访着老人,一般来说需要先聊一些有的没的大面上的东西。我讲着口述史的重要性,这是一个可以让没有话语权的普通人发出声音载入历史的工作,能让城市史真正有其灵魂和神韵。老人需要戴着助听器才能听清我说什么,但他听得十分认真,频频点头。

开局很好,这样我就能引出"怎样才能称之为'老北京'"的话题。当然,我是需要给予他一定的认可,不过老人自己很是平和,直言不讳地说实际上自己的祖籍应该算是湖南,自己的祖父是在庚子之变后才来到的北京,而且来了以后一直在天津做贸易,前半生根本算不上是在北京生活,直到父亲这一辈才生在北京长在北京。

这正是我需要的。终于逐渐把话题引到了他的祖父也就是唐宁波他们一代。

老人的语速很慢,京腔也不算太浓,只是把他童年的记忆碎片一点一点地讲给我听。人的记忆很神奇,年龄大了会退化,但退化的结果却是越早的记忆越清晰。他徐徐道来记忆中的北京城,也一点一点向前回忆,回忆起了他的父亲,还有他的祖父。在有他的时候,他家算不上富裕,但听他父亲说过,曾经家里还算得上有钱,那都是祖父辛苦挣来的。老人说道,他祖父为了养家的那份劳苦恐怕就连他自己也很难真切地体会到。

老人用逐渐沙哑的嗓音讲着自己的童年,我看见他的嘴唇越发干涩,但充满感怀,真切地希望这些都能被记录下来,然而我只是在不断地从他的言语之中推演着其他的。

在老人的回忆中,祖父是一位善于持家和蔼可亲的商人,小的时候父亲就经常讲祖父为这个家费尽的心血。老人一直没有提及过唐李寒这起家族命案,我无法判断是因为他家对此事的避讳还是从老人出生时这件事已在家中无人提及。

老人的童年是幸福的,父亲和祖父对他疼爱有加,在老人的认知里,这样的疼爱主要源于他的祖父有长子,也就是他的父亲时已经年过而立,在那个年代算是相当晚育,因此从祖父开始就对自己的血脉倍加疼爱。老人为了证明祖父有儿子时已经年过而立,开始拿两个人的出生年份来计算。唐宁波生于光绪十六年,也就是一八九〇年,而老人的父亲,也就是唐宁波的长子生于民国十二年初,即一九二三年。

此后,老人还说了些什么我已然无法在意。幸好有录音笔如实地记录着,不然如此浪费了老人的一番讲述,会让我内疚许久。也同样整理出文字好了,我这样给自己以后的工作做着计划,同时又迫不及待地拿出了手机。等不到回家,我直接用手机将刚才所构想出来的所有真相细节写下发送给了邵靖。

一开始的假设仍旧不会有什么变化,唐李寒对童思的痴心,还有那种偏执的追求,都是白纸黑字地成了文献,无法反驳。大概也正是因为这些小说,当时的警察才会认定童思是唐李寒的情人。童思和唐芬瑞之间的恋情,在邵靖找到的签名册上同样体现无疑。童思在一九二一年就已经毕业离校,而唐芬瑞最为活跃的一九二二年,全年的演讲她都无一缺席地到了现场。幸好有那个签名册,成了他们之间感情的见证。那么他们有没有动心真的杀掉唐李寒呢?杀人动机是极为充分的,仅仅是我这个百年以后的旁观者从唐李寒的小说中来看,已经感受到了那种偏执已经逼得这对恋人喘不上气,无路可走。然而,真正杀人的,在一百年前,从这里带着唐李寒出了德胜门虐杀弃尸在城外苇塘的,却并非他们俩,而是大哥,这个一直以来因为身在天津而被我忽视的人。

对这样的推断如此笃定,主要源于方才采访的老人的只言片语。唐宁波是有多么疼爱自己的儿子,只有听了老人的回忆才能更加真切地体会。而他的长子于一九二三年初在协和医院出生。之所以这么肯定,是老人再三强调,因为当时协和医院已经建成将近两年,稍微有钱的家庭都会选择在那里生产,不再找接生婆到家里来。祖父更是担心母子安全，绝不可能冒险。同样以唐宁波如此疼爱妻子和儿子来看，他不可能让妻子在临产时才从天津赶回北京，也不可能独自在天津没有守在妻子身边。也就是说，他早在一九二二年底就回到了北京。

那个我一直认为当唐芬瑞搬走住到沙滩北河沿那边之后就只剩下唐李寒一个人的院子，实际上在唐李寒被杀之前，大哥还有身怀六甲的大嫂就已经住了回来。如此一来，假若唐芬瑞还要安排童思去约唐李寒出城游玩，就太不合理，自然也绝不可能发生。能带着从不出门的唐李寒出门的只有大哥唐宁波了。

这样看来，所谓的密室杀人，也就不复存在。

唐宁波可以随时带唐李寒出门，同样，恐怕在大哥面前，唐李寒本身也是有些唯命是从的，大哥是他唯一的生活来源。

那么杀人动机呢？为什么一定要杀死自己的亲弟弟？

实际上在采访了那位老人之后，我认为杀人动机也相当充分。动机要倒回到一九二〇年，还是落到了那本《愚荆馆诗话》上，一本自费出版无人问津更不可能卖得掉赚钱回来的天书。从一开始我就查到那本书出版所需要的价钱，起价便是三百元，从《愚荆馆诗话》的厚度来看，绝对要超过这个起价，预估四百也不为过。我曾经认为能掏得起这么多钱来出一本在当时人眼里毫无价值的书，说明唐李寒的家境非常好，有这个闲钱。也是因为这个猜测才查到他的大哥在天津做了贸易公司。然而，直到听了那位老人的讲述，我才真正反观到这笔钱的分量。虽然老人的回忆中唐宁波是和蔼可亲的爷爷，但与此同时，我也听出了唐宁波对钱的渴望和吝啬，就像任何一个白手起家的商人一样。

想必养着唐李寒这个"废物"本身就已经让唐宁波百般不满，他发表诗歌所赚来的稿费，恐怕就算没有随意挥霍也都任性地买了书，也没有一块钱能放到家里贴补家用。然而，身在天津的唐宁波却无暇管教，只能任凭他甘愿堕落不求上进。虽说公司的贸易终于日趋平稳，收入也稳步提高，但二弟回了北京上大学，又是一份不小的开销。不过，相对于三弟来说，二弟上学可以算是一种有偿投资，只要他不出国，终究还有能回来帮助自己赚更多的钱的一天。

这个时候，肆意任性的唐李寒再次在自己的死路上铺了坚实的一块砖，他忽然找大哥来要钱，而且绝非小数目，开口就是四百元（姑且就算是这个价钱了）。如果说这四百元是去开一家杂货店甚至租车行，唐宁波都会咬咬牙同意，哪怕就像北京那些遗老挥霍金钱去买鼻烟壶之类的玩意，他也还能有办法回本，但只是为了出一本必定卖不掉的书，唐宁波对唐李寒的容忍已然到了极限。没有回绝，并且如数给了唐李寒钱，根据老人的回忆，那是因为唐宁波在世人眼里必须扮演最疼爱弟弟的和蔼大哥形象，这是他在生意场上的标签，维护着他多年来的贸易兴隆。恐怕正是这个时候，在他心里深深地埋下了杀意。

而最终促使唐宁波杀掉三弟的，大概也和他妻子终于怀孕搬回北京有关。

两年过去，唐李寒的确更让唐宁波失望了。他不仅毫无长进，还愈演愈烈明目张胆地和二弟抢起了女人。压垮骆驼的稻草来了。

看到唐宁波回京的唐李寒，没有任何收敛之意，而是再次伸出了手。

没错，从《愚荆馆诗话》之后的文献来看，到一九二三年时唐李寒的小说论已经呼之欲出，虽然不可能看到文本了，但恐怕那个时候连成稿唐李寒也都已经写好，就差最后花钱印出。这一次到底需要多少钱，无从考证，但绝对同样不是小数目。况且此时的唐宁波不仅只是怜惜自己的血汗钱，他是极希望可以让怀孕的妻子住进协和医院生产，那样同样需要大笔的开销，需要动用公司的公款已经在所难免，唐李寒伸出的手完全是雪上加霜。没有别的选择，唯有杀掉这个不争气的弟弟，以除后患。

杀人不难，特别是杀唐李寒这样手无缚鸡之力的人，对于大哥，杀掉唐李寒唯一的障碍就是必须撇清自己，找到替罪羊。替罪羊自然就是最后被定罪的唐芬瑞和童思。

几年来的唐芬瑞同样让大哥失望。如意算盘似乎都被"五四"运动给打破了，原本在北大商科就读的唐芬瑞，一下子被那股风潮所带动，完全放弃了商科的学业，彻底痴心于通过演讲和运动出人头地的幻梦之中。随后的几年里，唐芬瑞不仅荒废了学业，也一点回心转意继续帮大哥经营壮大公司的意思都没有。不仅如此，唐芬瑞还在几年的运动中得罪了不少官府中人，生意人最怕就是得罪人，更怕的就是得罪当官的。唐芬瑞对于大哥来说，不仅仅是个累赘，而是成了一个危险的定时炸弹，拆除他同样迫在眉睫。

再心痛也必须杀掉自己的两个弟弟，恐怕在一九二三年的新年时，唐宁波看着已经怀胎近十月的妻子下定了决心。

两个弟弟所作所为本身就满是漏洞和杀意，只要大哥轻轻地推动一把，一切就都顺水推舟地转动起来。三月大哥顺理成章地要回天津忙一忙春季的新货盘点，在惊蛰当天，大哥悄然回京，把唐李寒叫出家门，带到城外，一直等到天黑将其杀死，弃尸在第二天必然会立即被发现的苇塘里。随后只要摸黑从城外绕到永定门，等到天亮再进城，假装是刚下火车回家即可。

这个时候家里一定全是警察，只要大哥提前和妻子串通好，说是童思来过家里，所有事情就都解决了。警察本来就想抓到唐芬瑞的什么把柄除掉这个眼中钉，当然不会错过这么一个大好时机，根本不会再在意这两个人的各种否认。从最终见报的结果来看，也是如此了。随后，只要大哥对这件事低调处理，很快一件命案就会被世人所淡忘，再过不了多久，所有相关的人都被淹没在了历史长河之中。

一个人继续经营自己的公司的确辛苦，但终究要比带着两个累赘要好上很多，新的家庭也就此诞生，不温不火，只图个平平安安。

之所以要虐杀，打得唐李寒遍体鳞伤，恐怕更是一时冲动，把三十多年来的辛酸艰苦统统发泄在了弟弟身上。

我把这些编写好，发给邵靖后，感觉就连自己都如释重负，了却一桩心愿一般。再看看天，正值傍晚，风沙住了，一时间并不想直接回家，便走回到新街口内大街，心中空无一物地在下班高峰的嘈杂熙攘中向北而去，过了积水潭桥又到了昔日城墙外的荒芜商道。

原来还想再看看唐李寒的葬身之地。

在后来检索资料时，我才发现一开始被我所认定是旧时北京城北的护城河改造的水域，实际上是被称为"新太平湖"的再造景观。也就是说，虽然位置与当年的苇塘略有不同，但它仍旧可以当作苇塘的再生了。与当年的苇塘不甚相同的恐怕就是把容易泛起臭气的芦苇换成了菖蒲。不过，在初春时节，终究都是枯萎的。

刚好也是惊蛰的日子，我走到新太平湖畔，看着水面上已经化开的冰层，残破、脆弱，毫无复生的希望，逐渐随着水流向着下游而去。在冰层之间，隐约还能看到些因为温度和冰面融化而产生的旋涡。岸边有告示牌提示"水深危险，严禁游泳"。告示牌是不分季节的，而最危险的大概就是现在这个时节。

正有一块薄冰因为旋涡破碎开来，我看了看水面还有那块被撕碎的冰，又看了看告示牌……

忽然间，一道闪电似的想法从脑中划过，也许……也许一切都是错的！

整个北京城在一九二三年的惊蛰那天，也就是唐李寒被杀的那天，确确实实形成了巨大的密室，这一点没错。被捕获的唐芬瑞和童思是被冤枉的，这一点也应该没错。但当我想起那位老人和蔼可亲的样貌，还有他徐徐道来的幸福童年时，无论如何也无法把这些和一个可以狠得下心来杀害亲弟弟又陷害了另外一个弟弟的人联系到一起。一个处心积虑杀过人的人，再怎么伪装恐怕也不可能隐藏得住内心里已经释放出来的恶魔和血浆的腥臭。所以……

我又紧紧地盯着湖面上的那几个旋涡，思路逐渐再次清晰。

所以……这个密室杀人如何完成凶手在密室内而尸体在密室外，是尸体自己走出去的。也就是说，这起虐杀弃尸案实际上是……自杀。

只有这样的解释才是最合理的。

和蔼可亲的大哥唐宁波到底是不是在北京，至少一九二三年的三月并不会在。假若他在，他一定会阻止唐李寒的愚蠢行动。迷失在出人头地的幻梦之中的二哥唐芬瑞，在激昂演讲中根本就不知道自己的命运已经被手无缚鸡之力的三弟唐李寒狠狠地掐断，甚至连同自己心爱的女人也一同被送葬。

唐李寒为什么会自杀？有可能是因为唐宁波并没有给他出小说论的钱，但这并非主要原因，以我阅读他的作品而了解到这个人的性格来看，他绝对不是一个懦弱无能到要不到钱就会想不开寻死的人。在此时，我已经察觉到唐李寒的小说论即将就会像《愚荆馆诗话》一样呼之欲出，在之前他发表的那篇短小的议论文章中，已经阐释得相当清晰，如此逻辑清晰透彻，不可能还没有构思完成。那么，既然没有钱出版，唐李寒立即想到了另外的方法，同样可以将自己的小说论印刷到可以流传后世的纸张上。这个方法，就是这起凶案。更准确地说，此案并非一起虐杀弃尸案，而是一起碎尸未遂自杀案。

听起来更加离奇，但如果深度地去理解唐李寒这个人，恐怕就不会认为这是我胡乱一说，而是比起之前的猜测更加合情合理。

到底唐李寒设计了多久才付诸行动，是不得而知了。但在初春的惊蛰死去，一定是早已定下。因为只有这个时候，水中才会有激流旋涡，而旋涡的最大功效就是撕扯力。一直被我所忽略的，正是唐李寒的那一套完整的理论和他的死之间的关系。而此时，当我看到在旋涡中破碎掉的薄冰，才忽然意识到实际上还有另外一个关键词，我一直没有注意，那就是：肢解。

我想，在唐李寒设计的过程之中，他一定又有了更深一层的认识。或许他已经认识到自己的理论从数学的元素发展出来，已经超越了他几年来冥思苦想研究出来的小说理论，完全上升到了一个关于整个艺术的美学的通论。在这个通论体系下，不仅诗歌可以用数学肢解，小说可以用元素肢解，就连人本身，也照样可以肢解，并且在肢解之后，才能体现出更为深层的艺术价值。这种肢解，在肢解之后再由接受者重组，重组出来的已然不仅仅是一个故事，而是一个包括了人情冷暖、世间酸苦、时间和空间交错的完整的艺术品。这个艺术品本身，也已超越了任何一种用苍白的语言所能建构的理论。

当然，这种肢解不可能他一个人完成，需要有其他人物的参与，才能完美地呈现出来。那个其他的参与人员，唐李寒毫不犹豫地选择了他的二哥唐芬瑞还有他心爱的女人童思。这样想来，与其说唐李寒是在用死来陷害他人，不如说他实际上是在用最为真切的爱在爱着他所爱的人。对于这个家伙来说，成为完美的艺术品的一部分，难道不是最大的荣幸？只可惜成功的仅仅只有他的死。一个池塘的旋涡，确实可以把他击晕致死，报道中说他的后脑受到钝器击打正是旋涡的效果，遍体鳞伤恐怕也是一样，可是池塘不是瀑布，撕扯的力量怎么可能将一个活人肢解。

在理论和实践完全不可能配套的情况下，他的爱和他的艺术品注定失败。同时在爱着他们所有人的大哥唐宁波的破坏之下，彻头彻尾地失败了。

大哥恐怕的确是个老实人，他当然无法理解唐李寒的这种超越了一般人认知的艺术观，他只知道这一切都是家丑，既然已经无法挽回地发生，就绝对要尽可能地压下去。他吝啬金钱，妻子已经住到协和医院临产在即，但这些钱不得不花，他先是花钱想在警察那里保出二弟，但警察早已下定决心要除掉唐芬瑞。无计可施的他便花尽家财，以买通当时的各大报纸媒体，求他们不要继续报道。这也就是为什么如此猎奇的杀人案件，只有那一篇报道便匆匆了事的原因。没有了报道，就算人们茶余饭后还当个谈资，也不会超过一年的时间，大家肯定都会将其淡忘。那时至少儿子可以在耳根清净的世界里健康成长。

所以说，淳朴善良的唐宁波，不可能是杀害三弟诬陷二弟的险恶之人，最终也还是成了将三弟的"艺术品"彻底毁灭的人。

整个事件真是充满了讽刺的意味。包括他那个关于"肢解自我"的徒劳。

我不禁看着现在湖面中的旋涡，想象着一百年前唐李寒跳进去的时候，该是怎样的一种心境，以及在即将死去的一瞬间，他是否能理解到自己所做的一切的徒劳。在自己被旋涡拉扯却迟迟不能被撕碎，奄奄一息之际，希望身上能受到更为强烈的冲击和撕扯，旋涡是一种痛，还是一种期盼中产生的快乐？

可是无论怎样，他永远不会明白的是，他再怎样努力，世人也不会在乎。因为他从一开始，就是逆时代而行，在所有人关心着新文学时他关心的是旧体诗，在所有人关心着用小说表现社会问题时他关心的是小说的结构美。

说到底，他注定只是一个可悲的人。

我把目光彻底拔离那片魔咒一般的水域，试图往西边的落日望去，却只是一片暗红早就没了阳光。

手机忽然响起，我以为是邵靖，每一次他都会在我思路全开的时候突然闯入。但拿起手机看到，并不是邵靖，而是那位老人的儿子。

"到底什么时候能看到成果？"仍旧是那样咄咄逼人的语气。

我愣了片刻立即搪塞他说："要看资料累计的情况了，还有许多家庭没有拜访，不要着急。"

以为他会立即询问期限，这是我最怕的一点，但他自己转移了话题。

"说到资料，老头子那里有好多的破烂，干脆你都拿走算了，跟家放着成天添堵。"

"老人不反对？"

"老头子根本记不得自己有什么东西，趁早全拿走。"

倒也无所谓，我就又一次去了他家。在楼下就看到老人的儿子，身边是一个大纸箱。这倒是让我略有些欣慰，我以为他会叫我上楼自己去搬。抱起纸箱，比想象中轻了不少，并不是装满了书。

路上堵着车，我便不打算回家，找了个地方蹲下来先翻看一下到底都有什么。

果然如那人所说，都是破烂。坏掉的半导体收音机，残破不堪的插头、接线板……显然都是些近二三十年来的东西，与唐李寒的年代……忽而，我看到一沓子散落在箱底的泛黄稿子，眼前一亮，小心翼翼把纸一张一张拿出。纸上满是潦草甚至可以说狂躁的字迹，仔细看却发现我一点也看不懂。虽然都是汉字，但根本没有汉语的语法，而是组成了一条又一条的公式。

我看着新到手的一份天书，沉默了许久。

这东西必然是出自唐李寒之手，内容我从未见过，应该是未能发表的内容。从这些公式已然不予解释的态度上来看，又肯定是《愚荆馆诗话》之后的作品。能看到这东西也许正是我和唐李寒之间微妙的缘分。到底是什么内容？大概这个世上也只有我这个真的认真研读过唐李寒所有作品的人才能解开。我努力回想诗话里那些公式的意义，还有他的那些理论，再来看这些手稿，依稀好像真的猜到了些什么。或许这是一本小说？而小说的内容就是在讲……如何去死。

我真的能明白这些吗？也有可能是我一厢情愿地去猜，才会有这样的认识。

该回家了。我并没有再把新的推断发给邵靖，因为我知道他本来也不会在乎这些。真的在乎的人，一百年来或许只有我一个。

我顺手将那一箱破烂全部扔掉。

作为一个以写小说为生的人，在近一个月的时间里，写出一句毫无实际情感虚情假意故作深沉的警句开头后，就再也写不出一个字来。把时间和精力完全投入到调查一件毫无意义的事情上，这本身只能说明我这个废人开始学会了放弃人生。当真的开始放弃时，才发现也没什么不好。

广寒生或许短暂的一生

发现广寒生这个人，恐怕还是要归结为一种偶然。

那是一个雨天的午后，我头脑发晕，踏着湿答答的柏油路，走去了图书馆。图书馆正在办一个展览，展览厅里除了明亮的灯光以外，就只剩下寥寥无几的展品和一位昏昏欲睡的管理员。

展览的内容在走进展厅之前自然就是知晓了的——关于晚清小说的馆藏展示。

听起来很枯燥无趣，也未必敌得过自身的乏味，没想到的是，我们就如此相遇。

展品都是些陈芝麻烂谷子的东西：一页《申报》，表示当时在上海的报业兴隆，然而仅是一张排版难看的报纸，连字面意义上的兴隆都很难表现出来；一本梁启超主编的《新小说》目录页……

在《申报》的旁边，展柜里放着许多种在上海办的其他报纸样张，有名的有《时报》《新闻报》，也有名不见经传的，比如《新女学报》《新新日报》。而正是这份《新新日报》上，有篇小说吸引了我。

直接吸引我的并非小说内容，而是小说旁有张不大且模糊不清的小说插图——画着几个老鼠一样的人站在坑坑洼洼的月球上，借助环形山的弧度搭建了一个类似于我们现在卫星电视天线那样的半弧形反射板。之所以说那是反射板，是因为图的另一角画着四分之一角的太阳，太阳发出一束光线照射在月球上，然后被反射板反射到了地球，光线的聚焦点上冒着黑烟。

我很疑惑，远在清朝末年人们就知道月球上满是环形山了？似乎也说得通，在清朝末年所流行的关于以太的幻想中，就有一项是以太可以填满月球上的坑，所以从地球看上去，月球是平滑的。不过，正是这种转瞬即逝的疑惑，让我注意起原本并不比其他展品更吸引人的这份报纸。

小说是晚清新小说的主流形式：章回小说。展出的这份报纸上刊载的，是该小说第十七回的结尾部分。

我趴到玻璃橱窗上，有些吃力地去阅读小说。

小说描写的场景和插图比较类似，来龙去脉交代得清晰。插图里所画的老鼠一样的人，被称为"灰鼠月人"，到底是什么来源不得而知，只能看得出此时他们占据着月球，并且设法要攻打地球。从这部分内容可以看出，上面的情节是这些灰鼠月人聚在一起不断地争吵，对如何攻打地球的方案各执已见僵持不下。具体都是些什么方案看不出来，只能知道最终他们通过互相撕咬征服异党才最终确定下插图里所画的那个反射板烧毁地球的方案。反射板被他们称为"月华死光"。

我不太清楚这样的设计，在当时算不算新颖，或许能发表出来，还配有插图，就该是能对读者有一定刺激的东西了。小说的这一回结尾，留了个悬念，灰鼠月人们到底造没造出那个月华死光，小说中并没有交代，只是说到设计图已经完成。灰鼠月人们，一边咬着敌对派系的脖子，一边看着地球吱吱地笑。地球上的人类在浑然不知的情况下已经陷入了将要被毁灭的危机之中，这倒是挺符合晚清时人们的生活状态。

饶有兴趣之余我才忽而想起应该看看这小说到底叫什么名——《登月球广寒生游记》。

这样的小说名，又让我多了另一层兴趣。我能看到的这部分，根本没有出现"广寒生"这个人物，那么何来"游记"？现所见已经是第十七回的结尾，名为登月游记，这个广寒生应该已经登月了吧。那么他躲在哪里？互相恶斗着的灰鼠月人没有发现他吗？

再看小说作者署名：析津广寒生。这倒是不足为奇，在晚清，小说还没有出现第一人称叙事，不过像《老残游记》之类的准第一人称视角的小说已经很多。不过，这个广寒生是谁呢？同样不得而知了。

我打算深挖一下这本名为《登月球广寒生游记》的小说和这个析津广寒生了。

首先我需要看到小说的全本，这倒并不困难。只要去缩微胶片馆，申请从库房中调出指定年代的该报纸胶片就可以了。只不过这个申请，需要等。

我推算了一下《登月球广寒生游记》可能开始连载的时间，在申请胶片的纸条上填写了"一九〇五年九月至一九〇六年九月《新新日报》"，提交给了缩微胶片馆的管理员。管理员说需要等大约半个小时。

借等待的时间，我开始用图书馆的数据库检索其他资料。想看看这个广寒生还有没有写过其他小说。他的署名是析津广寒生，在清末很多作者都还会延续"籍贯加雅号"的署名方式，那么这个广寒生的籍贯应该就是析津了。析津是哪里？也需要查一查。

我先检索了关键词：析津。

却发现"析津"就在北京城里。辽代时称为"南京析津府"，后来是元大都的陪都，位置大概就是北京城莲花池附近。说来不禁有些失望，假若是一个小地方，恐怕还可以去走访走访，询问些老人，只是在一百多年前，没准就能有什么意外收获。然而，现在北京，别说一百年，十年前的事，恐怕都无法从当地居民那里打听出什么了。

这个时候，《新新日报》的胶片从胶片库房里找了出来。

我有些迫不及待地打开了一台缩微胶片阅读机。阅读机就像一台陈旧且笨重的上个世纪八十年代的个人电脑一体机。报纸的胶片插入前端下方的反光元件中，胶片的内容就在泛黄灯光照射下的屏幕上出现了。再调节好焦距，报纸上的内容便清晰可见。

听着阅读机散热风扇的旋转声，我的面前是黑白的文字中从一九〇五年九月开始的上海，一页页地翻，不断地向上划过，就如同那时的每一天都在旋钮的转动下快进一样。

虽然一直在迅速地翻着页，但我并没有漏看任何的内容。很快，我就在一九〇五年九月十三日那天的报纸第二版看到了标注为"科学小说"的《登月球广寒生游记》开始连载的广告以及它

第一回的内容。

广告部分和晚清的其他小说没什么两样,把小说吹上了天,什么世间第一等惊险科学小说,什么有三国之老谋红楼之哀婉西游之戏谑水浒之侠气,连行文和用词都相当不讲究。没有作者自述,广告之后便是小说第一回的正文。

小说开篇,那个广寒生就出现了。然而,广寒生人在上海,而非月球。或许是要在上海制造个火箭之类飞往月球?我不禁有些疑惑,便继续读了下去。结果,广寒生根本没有一丝要上月球的意思,而是一副落魄书生的样子跑到上海最有名的妓馆街四马路,去寻花问柳,找了一家看起来很豪华的妓馆进去点了花魁。可没想到的是,花魁竟然就是广寒生青梅竹马的儿时恋人。

看到这里我已然觉得这故事有些狗血,看不下去了。月球还有灰鼠月人都在哪里呢?我不禁又重新看了一下,小说的确是《登月球广寒生游记》,而作者署名也的确是"析津广寒生"。

应该是没错了。我只好硬着头皮继续往下看。

连续几天的连载,第一回终于讲完,结果小说里的广寒生只是在妓馆里泡着。

之后是第二回,当看到内容时,立即眼前一亮。

第二回,开篇就是在月球上。之前所有的狗血情节全部没有,细致入微地描写起月球上面的样貌。而文风和第一回完全不同,变得老辣精炼许多,完全就是一篇以月球为世界背景的风物志。其细节精准到令我吃惊,在晚清的普遍科学水平下,小说竟然能描写出月球上环形山的样子还能写到低重力环境以及在月球上仰望星空看到满地（对应满月）时的奇异美感。然而，即使有这么多的让人眼前一亮的内容，却也有严重的缺憾，那就是第二回里，只有风物志，毫无故事情节，更没有什么灰鼠月人出现，完全如同一篇文笔老练的科普文。

无论怎样，这部小说因为有这样迥异的第二回而变得值得关注了，倒也不是什么坏事。

可是问题再次出现，当我继续往后翻阅时，发现这卷缩微胶片所收录的报纸变得不再连贯。一开始，是缺上三五日，这种情况下还能偶尔看到断断续续的一小部分《登月球广寒生游记》的内容，而后来，开始出现整月的缺失，进入一九〇六年，除去二月份的"南昌教案"报界大论争的几个重要的论战版面还予以保存以外，其余部分几乎全都缺失了。

说起来这种情况也实在常见，但当感兴趣的文本遇到这样硬性的文本缺失时，那种无奈和无助感，可以迅速笼罩全世界。没有就是没有了，就算去制作缩微胶片的源头上海图书馆找，也几乎不可能找到了。

离开图书馆时，我的状态依然无法完全恢复，怅然若失地走在仍旧湿答答的柏油路上。直到我仰头一看，已然是一轮明月独照夜空。似乎一下子和一百多年前那个根本不知道到底是谁的广寒生联系到了一起。大概，广寒生在一百多年前，望着这轮明月时，也有所期待吧。期待着什么呢……

我迅速回到家里，决定至少要搞清楚广寒生这个人到底是怎样的人。

从他的小说已然可以看出些门道。虽然现在看到的只是这么个残缺不全的文本，但其中也传达出了不少的信息。姑且不说小说主人公在上海发生的艳俗故事，仅看另一部分关于月世界的描写，就可以看出作者是有着相当的科学素养的，与当时随处可见的无限放电的新元素或超声速飞艇之类的作者相比，在科学方面要靠谱得多。不过，由于文本的缺失严重，那样风物志式的月世界描写，到底是怎么演变出了灰鼠月人，就不得而知了。

同时，看得出他并不太会写小说，却在小说的结构建构上有着相当的野心。

从可见的这部分文本中可以大体判断出，小说是以双线结构进行的。一条线描写小说人物广寒生是如何被青梅竹马的恋人哄骗着感情和金钱，另一条线则心无旁骛地写着月球上的风物。这样的写法，在晚清的小说中是完全没有出现过的。下午展览时所见的章节中出现了灰鼠月人，可到底广寒生什么时候才能被放去月球上游览呢，广寒生的"游记"到底什么时候才能兑现呢，却不大可能找到答案了。

这家伙简直就是如同孤芳自赏一般任性地写下去的。他知道以他的科学素养已经甩开了当时其他文人几条街的距离，但他不知道他的文学素养却根本架构不起一部长篇小说。

接下来的几天里，我不断地去图书馆的缩微胶片馆查阅一卷卷胶片。

即使广寒生的《登月球广寒生游记》写得文法不通支离破碎，小说中那个月世界到底是如何建构起来的，又是如何生出灰鼠月人的，我越发地好奇想要搞清楚。

我关注的文献自然不是连载这部小说的《新新日报》。缺失了的东西，再抱以任何不切实际的有关奇迹的幻想都是非理性的。既然广寒生有相当的科学素养，并且从他的小说行文中可以看出他对此也是相当引以为豪的，那么他必然也会在其他的科学类报纸上展现自己的这项才能。

自命不凡的人，是不可能甘于寂寞的。

我先从传播西方科学的最为大众化的《万国公报》开始查起。虽然说电子数据库已经相当完备，但我怕有遗漏，所以在电脑上检索过"广寒生""析津广寒生"，都没有搜到任何结果的情况下，我依然决定自行翻阅原始文献。

以《登月球广寒生游记》的开始连载时间一九〇五年九月以及其文笔的成熟程度来推断，广寒生开始活跃不会早于一九〇四年。不过，为了保险起见，我还是从一九〇〇年的《万国公报》开始检索。一天一天地翻过去，一月月一年年，看到"庚子之乱"也看到"辛丑条约"的签订，也看到居里夫人对铀的放射性研究看到在美国洛杉矶有人将航拍技术用于商业，但就是没有一丁点广寒生的痕迹。特别是到了一九〇五年，我看得更加仔细，依然没有。没有他的文章，也没有提及这个名字的文章。

当然，《万国公报》里找不到并不稀奇。我便继续埋头去其他报纸中寻找，《申报》《时报》《清议报》《新闻报》《京话日报》等等都是我搜找的对象。

寻找，终究是艰辛的。一个月的时间转瞬即逝。

一个月以来，我每天都是一早就到图书馆，一泡就是一整天。轮班的几个缩微胶片馆管理员也都认识了我，偶尔休息就会闲聊几句。

他们大概并不清楚我的执着是为了什么。问我是不是哪个大学的教授，我摇摇头。又有些胆怯地问是博士生了？我继续摇头。那或者……一般这个时候我都会塞给他们新需要的报纸胶片索引号。久而久之，他们都知道我不愿意回答关于自己社会身份的问题，也就不再自找没趣，只聊些家长里短或者做胶片保管有多不易之类。

虽说这家图书馆的缩微胶片馆几乎不会有除我之外的读者光顾，但偶尔会来些学生，据说因为这里藏着些稀奇独特的胶片。学生都是博士生，说来也的确，估计只有在做博士论文时，才会需要如此大量的文献资料来支撑，才会来查阅缩微胶片。并且，他们看上去都笨手笨脚的，甚至连如何将胶片安装到缩微胶片阅读机上都不会。明显就是在读硕士时根本没有动过这些东西。

有时候我看累了胶片，会看一看窗外的花园，让疲惫干涩的眼睛休息一下。在我休息的时候，偶尔管理员会实在忍受不了笨乎乎的新手，来求我帮忙指导。

实际上只是几秒钟就能学会的东西，费不了什么事。倒是因为这种毫无技术含量的指导，使得有些博士生想和我多聊上两句。

我在休息的时候，并不拒绝聊天，只要不是聊我这个人就行。多数情况下，他们也不关心，更是想跟我抱怨博士论文有多艰辛，压力有多大。偶尔刚好赶上谁做的题目我略知一二，比如晚清时期的期刊报纸发行情况之类,我便会有一搭没一搭地说一点自己的看法。大概绝大多数都说得很离谱,被我帮助过的博士生们只是出于礼貌,才继续与我笑脸相对。

每当此时,我都会知趣地回到自己的阅读机前面,埋头继续我自己应该做的事情。

没有人知道我在找什么,也没有人比我更清楚这个广寒生是有多么难找。

我不敢说所有的报纸都让我翻遍了。但我又不是去做博士论文,没有穷极文献的义务,凭借哪怕一丁点的直觉也能知道,一个月以来的搜寻,完全就是错的方向。一开始着眼于《万国公报》,是因为它既大众又有传播西方科技的功能,可是之后我逐渐把搜寻的路走偏了。

我意识到了自己的愚蠢之后,先是再把《新新日报》的胶片申请出来,从头至尾地认真看了一遍。确确实实除了一部连载到第十七回结束——也就是到灰鼠月人终于确定了用月华死光攻打地球的战略——的小说外,再没有任何有关析津广寒生的一个字的信息。同时认定,这个广寒生,以他在小说里透露出的性格来说,根本不会看得起在普通的大众报纸上发表文章。也或许《登月球广寒生游记》是他的出道之作,连载到第十七回完结之后,他的名气也足够了,从而连这份一手将自己提拔起来的报纸同他的作品,全都被嗤之以鼻地抛弃掉了。

我把检索目标从《申报》《清议报》转向了类似昔日《格致汇编》一样的纯以介绍西方科学为内容的科技期刊上去。

然后……在一九〇五年十月，终于有了发现！一篇署名"析津广寒生"的文章，发表在一个仅出了五期便停刊的名为《泰西学新编》的月刊杂志上。

能再次看到这个名字，简直如同多年不见的旧友终于得以相见一般兴奋而又感激上苍。当然，这位旧友的态度，并不算好。广寒生的这篇不是小说，而是一篇看上去像是檄文一样的小短文。文章讨伐的对象是已经在当年上任复旦公学校长的严复多年前的翻译名作《天演论》。然而文章写得无理无据，只是用激昂的文字翻来覆去地说着《天演论》有多处翻译错误，甚至连全书的观点也与原作赫胥黎的观点背道而驰。

看完这篇短文后，我为广寒生捏了把汗。这样不着边际的文章都能发表，假若严复或者严复的信徒看到，岂不转眼就把他这么个卑微的书生给灭了。

《泰西学新编》之后又出了两期，我仔细看了，并无对广寒生那篇文章回应或者挑起论战的文章。随后，我又检索了一下有可能发表争论文章的其他平台，也都没见有谁回应。

这不知是广寒生的幸还是不幸——在人群中空吼了半天，却根本无人理睬。

因为《泰西学新编》的发现，我找到了突破口和正确的方向，之后寻找广寒生似乎一下子变得轻松了。

在许多与《泰西学新编》类似的小型科普期刊上，都频繁地出现了署名"析津广寒生"的文章。

大概在一九〇六年中后期的时候，"析津广寒生"这个名字出现在了我所能想到和找得到的诸多只存活了大概四五期就停刊的科普小报和杂志上。那些真可以说是街头小报了，许多都只是一页的版面，上面半张版面是关于"戒烟""脱毛""补脑"之类的广告，画着奇形怪状的人物手里拿着要卖的商品，还配上"诸君！诸君！""务必！务必！"之类的煽动性语言，看着媚俗而又无比闹心。下面半版也不是完整的文章，而是模仿《格致汇编》的"互相问答"栏目，只是一条条问答。

问题千奇百怪，"为什么打哈欠会传染""洋人的 X 光到底是什么原理""为什么自己家的公鸡只在傍晚打鸣""假若双掌摩擦能有硫磺味道，是不是这个人可以摩擦生电"之类。有许多问题，和科学毫无关系，比如有的人还会问"参加西洋的科举考试的可能性有多大"，看得人啼笑皆非。

作答的人，每一期不同。其他人我毫不关心，他们也不过是认真把原理讲清，有时候还会留一个发人深省的结尾，升华一下自己的答案。

而当广寒生出现时，则完全变了风格。比如有个问题问：直角三角形勾长一丈，一锐角为三十五度二十分，问股长多少。这样的问题在其他地方也偶有出现过，一般回答者都是细心地将计算过程写下并说出答案。可是广寒生不这样，他劈头盖脸就会说：这里是解答疑难的科学问题的地方，这种只要计算一下就可以得出的问题，为何要问。如果真的算不出来，就去参考益智书会出的《形学备旨》《代形合参》等一大堆算术类几何类的教科书，根本没必要出来询问。

当我看得更多时，才知道原来那个问股长多少的，广寒生还算是回答了比较多的内容，虽然那样的回答内容再多恐怕提问人也不会高兴。更多的问题，广寒生的回答都只有一句话，要么是说问题里所说的概念本身就有问题因此不予回答，要么是说问题太过常识性自己试一下便知没有问的价值，要么干脆只是丢一本参考书和页码，不再附加哪怕一个字的解释。

看到这些，我比之前看到广寒生大骂严复时还捏把汗了。这样的话……他怎么生活？要知道这个时候清政府已经废除了在中国延续千年的科举制度，像他这样一个读书人，还能有什么生活的出路……在清末，稿费也是以字换钱的。别人都在尽可能地多写几个字，他却每一个问题都显得自己高傲至极惜字如金……

况且，这样的回答真的能长久吗？

不出所料，大概仅有四五个月的样子，析津广寒生这个名字就消失在了所有科普小报中。再往后看，无论是坚持得时间长些的还是依然只是四五期就停刊的，都看上去和谐得多，安安静静，问和答都平心静气。

看起来就像是科普小报界统一把广寒生驱逐出去了一样。

再一次失去了联系。

苦苦追寻的旅途再次开始。总是出言不逊的广寒生，这是又跑到哪里去了。以及，我该用什么方法才能破解得出来广寒生的那个月世界。恐怕只有他自己……

一九〇七年，比本就晚了几十年的戊戌变法又晚了十年的清廷改革看似初见成效，在国际地位上清政府有了一丁点的起色，但秋瑾被杀，仍旧立即激起群愤。社会的各方戾气已然无法平息。然而在我能关注到的那些起起伏伏的科普小报上，却一丝硝烟之气都没有，还是没有长性的小报，还是媚俗的广告。广寒生依然没有出现。

也许真的走投无路，像《登月球广寒生游记》中的那个小说人物广寒生到后期开始思索是不是该找个女校当一辈子被女学生调笑且看不起的教书先生一样，终于屈服了，再不会在历史上露面，甘愿永世沉寂下去了。

我一边思索着各种构想，一边继续一个月一个月地往后翻着留存下来少得可怜的文献。

该不会是改了笔名吧。这种情况实际上是最为可能的，很多时候杂志报纸的编辑根本不知道来稿者的真实身份，多个人共用同一个笔名来创作赚取高额的稿费的事情随处可见。对于广寒生来说，既然因为他的坏脾气在科普小报界已经吃不开，换一个笔名继续卖文为生，以他的学识来说，并不是难事。

但假若真的换了笔名，恐怕也就真的该说再见了。文献如汪洋大海，就算都缩成胶片，保存这些胶片也需要至少一层楼大小的库房。广寒生必然不会是"我佛山人""东海觉我"这样，背后的那个人必然不可能是个可以说得出来历的名人，更不可能是有其他名人好友把来龙去脉都写在可以流传下来的回忆录里供研究者寻找线索的人。那么只要他改了笔名，想再找出来，恐怕要比找出张爱玲的新作《小团圆》还要难。听说当时那位博士生，为了寻找，看缩微胶片把自己的视网膜都看脱落了。

然而，隐约间，我一直觉得虽然这是最为正常的选择和出路，但对于广寒生这个笔名背后的那个人来说，未必是他会去选择的。他大概……当我翻阅一卷又是从未听说过的小报胶片到一九〇七年底时，那个熟悉的名字再次出现了。不是答读者问而是一篇文章，署名没有了"析津"，只有"广寒生"三个字。

不是"析津广寒生"，但当我再次看到这三个字时，依然兴奋得差点在寂静无声的缩微胶片馆里喊了出来。不过，还不能过早激动。这个广寒生是不是我一直在找的广寒生呢？只有看看文章再来判断了。

文章看起来类似于现在的专栏，有着统一的标题和格式，无插图无介绍。再看文章的内容，是……是介绍月球？！这下我真的激动到低低地呼出了声。恍如隔世的广寒生的月世界，再一次出现在了缩微胶片阅读机那面泛着黄光的背后有着呼呼作响的风扇声音的屏幕上。

看来没错了，广寒生又回来了，带着他的月世界。

我又把这卷胶片往回翻了翻，怕有看漏。之后确定这一篇就是广寒生在这里发表的第一篇，从而放心地开始阅读。

其实我很怕他会偷懒，把《登月球广寒生游记》中月球的部分再次搬过来了事。那样的话，我再次找到的就不是我想要找的广寒生而只是过去的一个虚影，毫无意义甚至连过去的那个也一同没了意义。但当我看了内容时，就知道我多虑了，或者说我太不相信他了。这一点，我真是觉得有些惭愧。

广寒生在这个专栏里第一篇就开诚布公地说：世人每晚都能

看到的月球，却是人们最不了解的星体之一，所有的关于月球的描述都是错的。然而他自己虽知道是错的，却并不知道什么是对的，干脆放弃了真实，只说那些最为虚幻的一面。

专栏的总题目为：假如月球。

我对广寒生是放心的，他，不可能写虚幻就写起仙境天宫之类。

他的第一篇，写的是假如月球是一个洞。

文章里描写到每当月圆之夜，我们仰望天空，看到那么一轮明亮的圆月，都会幻想上面住着什么样的人，有什么样的建筑。但实际上，没准那只是错觉。人眼在很多时候会先入为主地认定一些是凹面一些是凸面。月球也许也是这样。它也许只是一个洞而不是球，是某一个从外星系延伸到地球边缘的通道，每个月只有一天是完全打开的，打开了几亿年，也许输送来了太多的东西，也带走了太多，只不过我们这些人类并不知晓也不可能理解得了就是了。

这篇文章写得不长，也没有太浓的火药味，除了开篇讽刺了一下那些自以为知道宇宙真理的人以外算是相当平和了。

看来沉寂一年有余的广寒生终于在受挫和碰壁中学乖了。

专栏还在继续，接下来还假设了月球是发电厂、月球是引力弹弓（当然并没有出现这个词但意思差不太多）作用下的人类的宇宙飞船。

大概这次专栏让广寒生逐渐小有名气了。忽然间，在其他的报纸上又出现了广寒生的名字。然而，当我看到他在其他报纸上发的文章时，心中一揪。昔日的那个广寒生又回来了，好辩，眼里揉不进半点沙子，只要看不顺眼立即跳出来发表文章予以声讨。那些文章和最开始看到他骂严复翻译的《天演论》一无是处的文章是一样的，笔锋尖利，劈头盖脸不讲章法，太多的地方本应抽丝破茧，逐步推演才能讲清，却被认为是理所当然的逻辑推理过程而一笔带过。

因为又看到了这样的文章，这个好辩又极为不善辩论的广寒生，我猜想恐怕这次是真的要在劫难逃了。不出所料，三个月之后，广寒生连同他的"假如月球"还有所有的对非理性非科学的不满，消失在了留存下来的所有文字文献上。

不会再复生了，我笃定。

也不出所料，的确之后的所有胶片里，我再也没见到"广寒生"这个名字。当然，或许是我臆断，认为不会再见到他了，从而没有更加仔细地去寻找。也许再过几年又会出现，比如用"广寒""新月生""桂生"之类的笔名出现。但我希望的那个广寒生不可能改掉自己的笔名，只要有机会，他一定会以他本我的面貌再次出现。只是这样的机会恐怕不会再有人敢给。

我不会去写有关这个广寒生的论文，因为他的一生以及他的文章根本不值得去做什么论文，即使做出来了，也完全不值得接下来的研究者花费时间去阅读。本来都是徒劳的事情，我又何苦去浪费时间。但我一定还是要找到他的全部，哪怕仅仅是那么一丁点连昙花一现都算不上的文字，我只是想知道这个人，或许他的一生也只是这么短暂且平凡，平凡得就算立即死掉，也不会有人意识到什么。

走出图书馆,我乘上公交车去了莲花池——那个曾经被称为"析津"的地方。

到了莲花池也已经入夜,不知不觉月又圆了。

这个地方,除了水域变得更小的莲花池被围起来成了个总有各种集贸市场展销会的公园之外,什么古旧建筑都没有了。在月色之下,略显荒凉。倒是有些街边餐馆还摆着些桌子,却因为已经时值中秋,人们都回家团圆过中秋,唯有只身于异乡的人才会在这样的夜晚独自坐在街边自斟自饮赏着孤月。

或许真的有什么幻想,我以为自己的痴迷会让这一晚真的遇到广寒生。我只是想问一问那些灰鼠月人到底是怎么出现在月球上面的,以你的理性和科学思维,不可能让他们凭空出现,怎么来的?用意又是什么?后来成功没有?结局一定是悲剧吧。

可是一直走到了嘈杂繁乱满是旅途汗臭的西客站南广场,也并没有遇到我想遇到的。

一百多年前,这里会是什么样子呢?就算远不及现在的喧嚣,那种世俗的可爱依然不变吧。满满簇拥着的都是人,一个个再普通不过的老百姓,就算天上的月再圆再亮,也懒得去抬头看上一眼。没有这个必要,同时也没有一张面孔值得记忆。

好好活着,比什么都更加重要。

实际上,至此为止,大概我所说到的那个广寒生也早已不是历史上真正的那个广寒生,而只是我一厢情愿地希望在人情世故上笨拙、有着超越时代的科学素养却根本无从输出的广寒生。那样一个人物，知道不少他人没能掌握的知识，并引以为豪，但是无所事事、无人认可、无足轻重、无路可走、无处宣泄，甚至认不清自己，转瞬即逝地浪费掉了难得的那一丁点才华，看着其他人走远，只有自己孤独地停留在了原地，和无数当时的现在的甚至将来的文人一样。

沉默的永和轮

"你知道永和轮吗？"

当邵靖挑衅一般地问出这句话时，我差点就用"废话"二字回应。

永和轮，日俄战争后，日本为了答谢大清国不出手帮沙皇俄国，使得日本获胜，送了一艘现造的蒸汽机动游艇给慈禧老佛爷作为谢礼，被命名为"永和轮"。它现在还摆在颐和园的水师学堂旧址供游人自由参观。这种常识一样的历史文物，有谁能不知道。

然而，让我万万没想到的是，正是这个常识的"永和轮"，竟藏着超出常识的事件。一份与永和轮息息相关的文献综述格式的报告，连带一起发生在一九〇七年的杀人事件初步调查，摆在了我的面前。

报告的内容全部源于练兵处的一部名为《营造档》的档案文献。

只不过报告是文献综述形式，并未把全部文献都摘抄进来，只是通过引用基本文献将案件讲清楚而已。因此，信息相对不足，姑且只是了解到事件的大概。

事件发生在光绪三十三年（1907）九月二十日，在圆明园后湖北岸的二层楼建筑上下天光，身处上层的留日归国学生杨继死了。同时，在后湖上，永和轮翻船，船上另一名留日归国学生孟指然翻入湖中。大概因为杨继死状略有些奇异，文献中有所记录，杨继尸体，双手皆有树状斑纹，牙齿咬紧，表情狰狞。而孟指然，记述则相对简单，只有"失踪"二字作为结局。

有意思的是，在档案中记载，事件发生时在场的所有人，皆在上下天光的下层。也就是说，上层只有死者杨继一个人，而在后湖上的永和轮，也只有孟指然一个人。

竟是密室杀人案？还是双密室？

"你应该知道的，清代的档案记录。"邵靖在最对的时机开口。

是档案记录里还有什么隐藏线索？我开始揣摩他话里的深意。当然，他不可能给我仔细思考的机会，这才是他先发制人的作风：

"很多档案都是派专门做记录的太监，当场现记。"

"有相当的纪实性嘛。"

"不用岔开话题，《营造档》更特殊一些，姑且不追其原因，它竟是以洋人小时计时，每一小时记一次。在上下天光，一共有四个记档案的太监，也就是说……"

"是一本相当厚的档案文献了？"我是故意打断他的话，实际上他说的都是报告上所写，根本不必赘述。

邵靖对我嗤之以鼻："四个太监两个在上下天光一楼，两个在上下天光楼外一左一右，每个小时四个角度记录一次，有四人在场，全在太监们的视野内，被记录得清清楚楚，然后二楼的人就死了。还有永和轮上的人，湖中间，没有其他人。全都在《营造档》中记录得清清楚楚。"

他只是在转述报告里已写的内容。

"就像是……"

"监控录像。"

邵靖又抢我的话。

但这么形容一点没错，如果真像邵靖所说，有四人在四个视角时间间隔一小时地记录，简直就像是调出了一百多年前的监控录像来调查这起一死一失踪的案子。

原来还是一个监视密室。

"所以，"邵靖绝对是等待多时，得意至极，再次问出了同样的话，"你知道永和轮吗？"

我咬着牙，终于还是满足了邵靖的期待，摇了头。

算是让他得逞，谁让他掌握了我所不知道的文献。但话又说回来了，这份报告并非邵靖所做，真正的原作者另有其人，并且就在现场，面带微笑地观看了邵靖戏谑我的全过程。

她名叫葵井堇，作为一个日本人，中文说得太好，除了偶尔的句式还很日本以外，基本听不出是一个外国人在讲中文。但更令我惊叹的，是她给我的名片上的内容。名片上简约地写着两列文字：神户海洋博物馆学芸员、葵井すみれ。所谓"学艺员"，全日本博物馆从业人员中，仅有五千多人拥有学艺员资格，可以说是日本博物馆系统中的精英阶层。而现在能见到如此年轻的一位博物馆学艺员，很难不让人赞叹一番。但大概葵井小姐早已对这种陌生人的赞叹习以为常，失去了回应的兴趣。

日常养成习惯，恐怕因为葵井小姐过于精英的日常，使得她做事更不喜欢拐弯抹角，十分直接，带着一股不可一世的气势，同时一份中日双语合同放到了我的面前。

"委托调查？"

我脑子里仍被刚才报告里看到的密室所占满，但还是看了看合同，竟是真的有偿委托。

我不过是一个文献爱好者而已，虽然偶尔会查到些鲜为人知的史料，拼接些无关紧要的历史碎片，但即便只是在好友邵靖这位就职于历史档案馆的底层精英面前，也是不值一提，何德何能，接到一份文献调查的有偿委托合同。况且……我粗略翻了一下这份合同，委托方许诺的报酬还相当丰厚，并可以为我报销一切调查的开支费用。这份委托真的是待遇丰厚要求宽松的求之不得的委托。若一定说有什么限制，大概只有合同里规定要求我必须每周都要向委托人，也就是葵井小姐汇报一周的调查情况。不过，因为没有完成工作的时间限制，这种强制汇报的条款同样形同虚设了。

看到报销，我似乎明白过来这个结果之中的逻辑关系。实际上，如此待遇，如果是转到历史档案馆这种科研机构去申报课题项目的话，又微不足道。大概这也就是为什么这个委托，邵靖会把它转交到我的手上，一方面是可怜我这个没有正经工作的家伙，帮我找点钱赚，另一方面则是因为单独项目经费问题，无法把这个调查纳入合作项目中去，又不想辜负了委托方的期待的权宜之计。

我拿着合同看向了邵靖，发现他好像是在认可我心中进行的逻辑推演一样，悄悄点头。我无奈地在心里笑了笑，接着看合同。原来这份合同委托调查的内容，同样看上去微不足道。他们只是想让我调查近期在神户海洋博物馆的"明治·川崎"特展上的一件民间送展展品。展品编号为K301，合同上附有照片，是一件带有斑斑点点的绿色锈迹的铜箔。在铜箔上，有排成三行、间距和排列方式各不相同的孔洞，铜箔的边缘有不太规则的卷曲痕迹，算是几点与众不同之处。不过，它依旧微不足道，这种微不足道，甚至看起来和刚才报告中那起上下天光上的密室杀人事件都无关的样子了。

合同远没有文献综述有趣，一点都不好看，然而，我还是拿着这份味如嚼蜡的合同看了又看，就像我能懂得每一句深思熟虑、千锤百炼的条款似的。

"委托调查我接了。"我就像慷慨就义一样，拿起了早已准备好的笔，在一式两份的合同上，签了字。

看着我签字，邵靖立刻露出一脸"这样才对嘛"的表情。果然正中他的下怀？实际上，蹊跷的地方太多了，因为那卷铜箔找出一起百年前的疑案？不是不可能，只是……两份合同我已经签好，递还给了葵井小姐。

"不过，接受委托我有一个条件。"我的补充，他们一定早就预料到了，拿出那份报告做敲门砖时就一定已经预料到了。

葵井小姐向我点头，请我讲出条件。

"关于这卷铜箔的调查,我希望可以按照我自己的意愿去做,方向若有所偏离,也请务必按照我的意愿让我继续调查。"

"没问题的。"葵井小姐礼貌且精致地微笑着再次点头。

本来也没问题,只要我签署这份合同,合同本身就无法约束我的调查方向。

"只要保证每周汇报调查结果即可。"她补充道。

"同样没问题的。"

签字,握手,随后葵井小姐主动将这次会谈的咖啡钱结掉,表示已经属于委托合约中的报销项目,并愉快地结束了委托会谈,留下了我和邵靖两人,拿着合同走掉了。

一直坐在我对面的邵靖,我是真的有点看不懂他现在的态度和表情了。大概就是想说,我绝对会一头扎到命案里去,铜箔的调查只能看运气,可怜了葵井小姐。

懒得理他,我甩给他一句"你也跑不了,给我找文献去吧"就想走,结果反被他又给拉住。

"怎么?"我有些疑惑。

他却欲言又止,迟疑了一下才说:"难得的机会,好好调查吧。"

随即又补了一声"回见",便收拾了电脑也离开了。

终于回到熟悉的电脑桌前,但即将面对的一点都不轻松。

幸好基本思路还是有的,只不过从一起步显然就要偏离葵井小姐的期待了。话说，葵井小姐太精致了，从发饰到着装再到化的妆甚至一举一动一颦一笑，都尽显着"精致"这个词所应该有的样貌。应该是受过什么严苛训练。

大概就是因为我有一搭没一搭地瞎想着，使得自己打开电脑之后没有直接点开数据库网页开始工作，而是开了邮箱。

一开邮箱便看到有一封新邮件，发件人当然只会是邵靖。

邮件是一个小时以前，基本上就是我们从咖啡馆出来之后，他就发给我了。邵靖这个朋友，从头到脚就是一个怪人，他和我的联络方式，就足以对"怪"字做注脚。邮件联络，在其他人眼里恐怕是古老到了奇怪的程度。更甚，我连他的微信都没有。我对他提出过"这样还算得上朋友？"的质疑，他却给出最合理的解答，"邮件传送文献更方便"。这样说来，原来我与他多年的友情不过是"文献之交"而已。

而这个透过屏幕的文献之交，还有着不少的恶趣味，比如现在……

我根本不去奢望什么，直接点开了邮件。

果不其然，邮件只有一句话：可以去清华大学找找看。

内容只有这么不明不白一句话，但他那副一切尽在掌握、洋洋自得的嘴脸，早就从屏幕里溢出，扑到我眼前。然而，即便不想承认也没办法，毕竟是我的文献之交，话说得再不明不白，我还是确定了和他的思路是一致的。

显然邵靖是提出了找练兵处《营造档》的目标地点。只是偏要别别扭扭不说全，让我去猜主语。

他的判断相当准确。

从葵井小姐特意来到中国委托调查来看，显然是调查所需要的文献都在中国。即便她的中文再好，恐怕也没有阅读大量中文文献的能力。干脆申请了经费，花钱委托中国人来继续调查。

再从练兵处《营造档》来看。

清代档案极为繁杂且详尽，上到皇帝起居穿戴，下到文武百官的朝上琐事，只要认为值得记录，统统都会建档，找些专门做档案的太监一五一十记到册上。也因此，文献量浩如烟海，整理的工作量相当巨大，现在基本上由故宫博物院、古语所、北京大学、清华大学等多家机构各取所长地整理并馆藏。其中清华大学因为有建筑史专业，相对来说更倾向于收集整理建筑类档案文献，所谓"营造"，正是归到建筑相关，档案存到清华大学合情合理。

具体会在清华大学的哪里呢？关于建筑类的档案，自然会和世家官处内务府营造司的样式雷的底样（注：是样式房的建筑设计草图阶段的图纸，多为单线条图）、烫样（注：采用纸板制作的建筑模型，细节逼真，并有贴纸标注尺寸及装饰说明），等等珍贵档案文献一起存放在建筑学院资料室了。

我看了看时间，现在已经来不及跑一趟清华大学了。

定下了第二天一早过去的计划，以及再次用电脑仔细检索一番，确认练兵处的《营造档》确确实实从未有过电子归档，只能去现场扒故纸堆后，我便关了电脑，揉了揉眼睛，准备休息，才好养精蓄锐，迎接真正的繁重劳作考验。

而这个考验的第一题，还真有点出我意料。

虽然我看过不少建筑类的文献,但清华大学建筑学院资料室我还是第一次来。想要找到都费了一些力气,在资料室门前徘徊确认了许久,只能疑惑着推门进去问个究竟。幸好立刻有一位学生样子的管理员上前询问,我才确认这里就是资料室。

可是,即便确认了,这里也着实不像一般意义上的文献资料室。

我所去过的档案文献资料室,都是一个样子——几张供阅览的长桌,再面对面或并排摆一些沉重的木头椅子,在资料室的尽头有道门,门里是馆藏的珍贵文献,门边坐着帮读者进门找文献的管理员。而这里,进门左手边是一面玻璃墙,玻璃墙里面几张办公桌,接待我的学生管理员就是从里面出来,显然是资料室办公室的所在地。资料室的开间面积则是另一个与众不同的地方,过大的面积,还有敞亮的落地窗,在落地窗边,沙发、会议桌显得很气派,另一边则是展示墙,上面全是建筑专业的学生设计展示。

这哪里是一个档案文献室的样子。

算了,管不了那么多,她说是就是吧。我直接向接待我的学生管理员询问如何查阅档案文献。

实际上,作为一名民间文献爱好者,是知道手上没有介绍信或者科研课题文书,想看到稀有古籍文献是相当难的。所以,我在问的时候,并没有抱太大希望,如果不行,就只好去找邵靖帮忙,反正每一次他都能帮我想办法搞定。

然而就算我再富有经验,学生管理员的回答再次出乎我的意料。

"我们这里付费就可以看。"她大大方方地说。

付费？清华大学怎么到处都如此与众不同。

我愣住，想揣摩一下她说的到底有什么深意，她就又满脸抱歉地补充了一句："只是我们的收费有点贵。"

只是有点高的收费标准？

没事，贵什么的，最不怕的，有机构给我报销，这种话我差点说出口。

"可以开发票吧？"我真正再次问出口的是如此实际的话。

她只是说了一声"能"，就开始公示一般地给我讲他们的收费标准。

真的不便宜啊！听得我瞠目结舌。除了文献的复制费高达几十块钱一页以外，连阅读文献竟也要按小时计费……我几乎要再次确认是否真的能开发票了。

管理员看我有些迟疑，见怪不怪地说了一声"考虑好了再来，反正档案跑不了"就要回她的玻璃门隔间。我立刻让自己的眼神坚定下来，叫住了她。

"好，那你就去那边查吧，时间我从你调档案开始计，翻目录的时间就不给你算了。"

简直是优惠大酬宾！随即，我往她指的电脑方向看去。

刚才我都根本没有注意到，与如此敞亮的房间格格不入，贴墙根有一条临时感极强的折叠桌，桌上并排放着四台陈旧的电脑……

能看就别奢求太多。

原来电脑还不只是陈旧，它根本就是学生们用来交作业用的公用电脑而已。不止如此，我找了半天也没找到数据库系统入口，直到已经病急乱投医地随便乱翻，才发现在硬盘里存着一个目录文档。文档里全是 Word 文件，文件正是清华大学建筑学院资料室馆藏的珍贵档案文献目录。竟会有直接用 Word 文档做目录文件，万一被谁误删误改了怎么办？我都不由得捏了一把汗。

算得上是万幸，没打开几个文档，竟就真的检索到《营造档》了。

正如我和邵靖所判断的。然而，我脑中想到的场景是，精致的葵井小姐，同样是坐在这里检索到《营造档》的，不由得感到画面有些感人得好笑起来。

档案文献检索号交给学生管理员后，她迅速就从旁边的小房间里取出了档案。其速度之快，令我瞠目结舌，而递来的档案文献，倒是让我恍然大悟。

原来如此……原来是光盘，怪不得他们能这么大大方方让外校人员来看，早就全面电子化了，只不过因为那个 Word 文档目录，大概一直没有全部录入到数据库系统里而已。

算了，别人单位的事，我操不上这份心。

拿着光盘，不容分说地回到刚才一直在用的旧电脑前，打开光盘里的文档。

是《营造档》。

终于，"监控录像"让我调到，一死一失踪的监视密室，我可以开始正面进入,一探究竟了。

案件果然比想象得还要复杂。

这部练兵处的《营造档》实际上是用来记录圆明园上下天光重建工程的,由于是四个人每小时的记录,整整一张光盘全是这一份档案,可以说信息量相当之大。因此,没有时间通读档案的现在,便姑且将重建上下天光的疑点放置一边,先把案发现场弄清再说。所幸案发之后,《营造档》便停止记录,体量再大,翻到最后还是能立刻看到案发实录。

案发时四份记录分别如下:

之一:

十五点钟,方总监督至月台码头,待看汽轮运行。马全安雕碧纱橱,与洪广家交谈不停。上层运行声响大作,汽轮通电准备就绪。后湖无风无浪,秋色正好。陆军部尚书大人携陆军诸士亲临后湖南岸观看汽轮运行。汽轮急速前行右摆,再前行,几撞西岸,上层围栏骤断,汽轮翻入湖中。大乱。传杨继死于上层堂室。

之二:

十五点钟,方总监督穿堂至月台。日本国友于上层调试完毕,回新立水师学堂待命,离开。洪广家清点装饰木材细账,与楼外马全安交代节省木材事宜,马全安对答如流。上层声响渐明,是为陆军部尚书大人展示汽轮成果准备。楼外大乱,传是汽轮翻船。至上层,见围栏已断,杨继死于电报台前,双手树状斑纹,牙齿咬紧,死状狰狞。

之三:

十五点钟,张永利绘制墨线底样。听闻洪广家与楼外马全安言语,争执不休。室内无风,微感憋闷。上层电力运转,声响隆隆。听闻陆军部尚书大人已至后湖南岸。楼外忽大乱,是传汽轮及孟指然沉没。再传杨继于上层暴毙。

之四:

十五点钟,方总监督匆至月台,望观汽轮运转全程。张永利于案头绘图。上层声响,准备就绪。陆军部尚书大人一行亲临后湖南岸。孟指然站于汽轮上,使汽轮锅炉运转,黑烟亦起。汽轮忽动,急速乱行,上层围栏随之断裂。汽轮于撞西岸前,覆没湖中。并传上层杨继死。

且不说这个《营造档》记录的文笔有多糟糕,所幸的是把事情都清清楚楚记了下来,只是看了案发当时的四条记录,我已经冒出了更多疑问。

姑且把档案中的汽轮认为就是日后的永和轮,那么"之一"所记给汽轮通电是怎么回事?永和轮是小型锅炉蒸汽机动船,这是肯定的,根本没有任何设备需要通电。另外,在"之二"中还提到了杨继是死在电报台前,这又是怎么回事?电报起到了什么作用?继续再把目光转回永和轮,显然案发当时,是要运行永和轮给陆军部尚书观看。这个演示又有何意?作为次年移至昆明湖为慈禧老佛爷献礼而预演?未免有些过于兴师动众,并且预演的时间也过早了些。更主要的是，一切记录似乎都找不到和那卷铜箔有关的线索。

线索、疑点和信息本身已经交错成一团乱麻。

现在能做的只有耐下性子，搁置下绝大多数的问题，找到线头抽丝剥茧，才有希望解开。

而当下需要而且应该可以确定下来的有两点。我便先从这两点入手，看能不能有所进展。

可以确定的第一点，正如昨天葵井小姐给我看的报告所述一样，共有四人在案发当时身处现场。这四个人分别是：在月台码头的方总监督、在雕碧纱橱的马全安、在盘点算账的洪广家、在绘制底样的张永利。另外，还出现了两个并未提及姓名的人，一个是虽然在过二楼但已经离开回新立水师学堂的日本国友，以及来到后湖南岸，也就是上下天光的湖对岸的陆军部尚书。按记录和地理条件，此二人基本可以排除在外，依旧只看四人即可。在这一点上，我基本同意葵井小姐报告的观点。

第二个可以确认的点，实际上让我自己颇有一点点自豪。算得上是我来资料室之前做了预备功课的成果回报。

虽然尚不清楚为什么上下天光这座并不算突出显眼的建筑，能经历庚子国难依旧独活于圆明园，但它的结构还是不难找到的。并且上下天光的结构本身就不复杂，样式雷设计上下天光的底样，以及包括后湖和上下天光周围地形，我都已经记在了脑中。配合上四条记录，基本上可以判断得出四个档案太监所站的确切位置。

看记录，太监之一与太监之四记有汽轮急行和翻船，之二与之三只记楼外大乱。可知与报告所述一致,两名太监在外,两名在内。在楼外两名太监,仅有太监之一记录马全安,太监之四并未记录,由此可知,马全安与太监之一同在楼外一侧,而太监之四在楼体相对另一侧。上下天光西侧有造山景的小土丘,由于楼体与小土丘距离较近,楼外空间相对狭窄,很难想象一名可以雕碧纱橱的工匠会选择这一侧做工。因此,基本可以判断,马全安与太监之一在地势宽阔的楼体东侧,太监之四在西侧。并且太监之四并没有记录二楼情况,可知他所站位置不会在小土丘上,而是小土丘与楼体之间。

依旧先关注楼外两名太监。

上下天光的月台挑出于水上,月台前再设木码头。因此,站在陆地上观察的太监之一、之四,既要看得见后湖上的汽轮以及南岸的陆军部尚书一行,又不能被上下天光的楼体遮掩看得到站在码头上的方总监督,唯有上下天光东南、西南两角外侧附近。

至此,太监之一、之四所在位置基本确定。

接下来就是之二之三两名楼内太监的位置,相比楼外,反倒更容易确认。

根据样式雷留下的上下天光底样,很容易了解到下层的室内格局。下层分为三大间,正堂明间正中设宝座床,以便皇帝于下层欣赏湖光山色,东次间设有楼梯,用碧纱橱与明间隔开,西次间与明间有板墙相隔,独立成间,门为隔扇门,与东次间楼梯口相对。另外,从能找到的上下天光烫样照片资料中可以看出,整座建筑围墙安装支摘窗。亦有资料表明,在道光时期,支摘窗的整窗用纱已换玻璃。

以上都是文献记录所能表现出来的上下天光，当然如若与现在所看档案记录对照来读，就知道建筑在光绪三十三年时与早期设计建造维护时的记载相比多少有改变。

在太监之二的记录一开始，就有"方总监督穿堂至月台"，所谓穿堂，自然是要贯穿整个明堂，也就是说在明堂的北墙有门才可能出现"穿堂"的动作。然而，如果照样式雷底样所绘，明堂正中有宝座床，明堂北墙是不可能有门的，因此唯一的可能就是此时明堂为空，并且是长时间空置。

只有太监之二看到了从上层下来回水师学堂的日本国友这一条，完全可以确定他正处在能看得到楼梯的东次间。然而，其中也有些许矛盾点仍旧存在。假若太监之二在东次间，他是如何看到穿明堂而过的方总监督呢？这倒是不难解释，东次间与明堂之间并没有板墙相隔，只有数扇碧纱橱作为隔断。而在楼外的马全安所做的工，正是在雕一扇碧纱橱。即便无法判断他所雕的是否正是东次间的隔断，依然可以知道的是，此时的上下天光内部装修并没有完成，仍旧是在进行中。既然太监之二能看到明堂，说明的是两间之间的隔断并不完整，而非其他。

最后再看太监之三，他是所见最少，多是听闻，可知只有他是和正在绘制底样的张永利一起在独立空间的西次间里了。

四名太监所处位置确定完成。

真的是要长吁口气了，我用力揉了揉眼睛，才忽然发现那位学生管理员已经站在了我身后。

着实吓了我一跳。

而她只是例行公事一般向我微笑地说:"今天的阅览时间结束了。"

"嗯?才几点?"我确实累了,但现在只是中午,怎么也不可能是一天结束该在的时间。

"下午有团建活动,中午闭馆。"

原来可以这样理所应当……

意外获得了整整一个下午的空余时间,干脆不要浪费,做一些正事好了。所谓"正事"当然就是回到家以后,静心地去履行一下委托合同上要我办的事。

事分轻重,其中首要去做的,自然是确认合同的调查对象——那卷铜箔和永和轮以及上下天光命案的相关性。只有确认了这个,我才知道自己不务正业地瞎忙活的事到底在全部委托中占多少比重。

这样想着,我已经打开了神户海洋博物馆的官方主页。

繁杂的博物馆介绍内容一概略过,甚至连"川崎世界"的专区页面都没有去开,我直接打开了近期的新闻公告页面,逐一检索。只是翻了一个月的信息,就找到了"明治·川崎"的特展企划公告。再沿着特展企划公告溯时而上,终于看到了我所想要,在企划公布伊始,有一条展品征集广告一同发布。广告发布在众多报纸上,再转载回网站。

然而，看到这条征集广告，我是有些失望的。

虽然它可以证明铜箔确实是从民间征集而来，但因为发布和转载的媒体过多，就算是偏远的冲绳或者北海道，也都在覆盖范围之内，很难把铜箔的来源范围缩小。

倒不算空手而归，只是需要再换一条线去检索，试试能否有所进展。

我把委托合同又拿出来，不是为了看上面的条款或者报酬金额，而是重新再看那卷铜箔的照片。

照片拍得十分清晰，所幸的是不仅把铜箔拍下来，它的博物馆简介同样在画面里清晰呈现。简介相当简洁，只讲了在一九四〇年，川崎重工在北京颐和园昆明湖底捞上永和轮来，这卷铜箔是在锅炉和炉壳之间的缝隙中发现的。

其他任何信息都没有了。可以说依旧是严重的信息缺失，但到此为止，我有了自己的判断：铜箔和永和轮应该是有强关联性的。

之所以判断得如此笃定，一来是因为它的发现地点，如果和轮船没有很强的关联性，那么一卷和动力毫不相干的铜箔，怎么可能出现在蒸汽机那么需要保持温度平衡的地方。二来，统观永和轮的历史记载，它被启动过两次，第一次是在一九〇八年颐和园龙王庙献礼仪式上，结果还没有开出多远，就因为机械管道堵塞出现故障，尴尬收场。第二次是在民国建立之后，作为清室私产，在颐和园供游人乘坐，但再次因为年久失修无法开动，不了了之，最终因为停放时间过久船底板漏水，沉到了昆明湖底。由此可见，在现有的历史中，永和轮就没有真正开动起来过。如果炉壳里有这么一卷铜箔在作祟，那么问题全都变得迎刃而解。

换一个角度来看，因为一九〇八年献礼仪式上，永和轮就没有开动起来，基本可以确定铜箔在那个时候就已经在炉壳里面了。那么，为什么会有一卷毫不相干的铜箔在炉壳里，恐怕就是和那起发生在一九〇七年圆明园上下天光的命案有关了。

基本确定之后，我几乎是面带满意笑容地去检索排在第二位必须先查清确认的信息：关于永和轮本身的疑点。更明确地说，就是要确定《营造档》里所记述的那艘汽轮到底是不是永和轮。

国内关于永和轮的文献，只有清代重视起来的起居档案记录。永和轮在一九〇八年抵达颐和园的记录，只能算是孤证。经过了一个多世纪，还没有新的档案文献出现，看来想要找到它的新史料，唯有从另一角度去检索，也就是说从生产方而非被赠予方进行调查。

作为日本明治时期造船业的巨头，川崎造船所的造船数量相当可观，或者说恐怖，但只要时间范围缩小到两三年内，检索工作量倒是不会太大。唯一的问题在于，我不可能远在中国通过网络查得到一百多年前川崎造船所精确到个体上的造船记录。

新的困难。不过，我只是愣了片刻就想到了办法。

历史总是给后人带来不少的便利，明治政府为了快速提升日本海军实力，颁布了《造船奖励法》，无论大小工厂，只要提交申请，计划合理，完成可能性高，就会颁发奖励金资助造船。而最主要的是，奖励金的颁发通知都会在当时的几家大型报纸上公示。

我查不到企业内部资料，但报纸是都能查得到的。

我怕会有人为遗漏，因此将一九〇四年一直到一九〇八年的《官报》以及几份造船行业报都找了来，逐日去看。

实话说，只是为了证实自己所接的委托是否可靠，工作量算是不小了。幸好我对这种电脑屏幕上扒故纸堆的生活已经习以为常，只要不停地滑动鼠标，报纸上的时间就会随之不断飞逝，一天一天，一月一月，一年一年，毫不被人珍惜和留恋地逝去，直到我终于注意到了一份让人眼前一亮的报纸。

是在明治三十九年（1906）刚刚创刊的名为《汽船会社报》的行业报纸。之所以会注意到它，是因为这份新创刊的报纸上属媒体是《官报》，后台足够坚实，创刊肯定会优先获得资源，这样关于永和轮这种不大不小又有国际意义的奖励金公示，放在这里是最有可能的。而更主要的是一九〇六年的年份，也更接近于明治政府决定答谢大清国的时间。

随即，真的不出所料，在当年二月十日的报纸上，我看到了一则和其他奖励公示不大一样的颁给川崎造船所的奖励公示，翻译成中文如下：

依据《造船奖励法》为川崎造船所计划制造的十八马力、总吨数二十五点九吨的汽船予以奖励。奖励许可时间，去月二十日。奖励金额十万元。

正是它与众不同之处一下吸引到我。

还是要从《造船奖励法》的宗旨说起，是为了增强日本海军以及海运的硬实力，从我看到的一条条公示上皆可获知，明治政府所奖励的，全都是体量上千吨、动力上千马力的大船制造。这一条只为一艘十八马力、不到三十吨的小汽船奖励，而且还奖励了十万日元之多，不得不让人注意了。

我立刻去搜了一下永和轮的参数，十八马力、二十五点九吨……完全对上了。并且还有报道标明，当时明治政府奖励给川崎造船所正是十万日元。

就算不提名字，或者说在当时还根本没有慈禧老佛爷赐名，这艘在明治三十九年（1906）初开始制造的小汽船，正是日后运到中国的永和轮了。

那么接下来的问题迎刃而解。既然已经颁发奖励许可，川崎造船所就不会延期制造，这样一艘小船，最多半年时间就能造好，再加上日清两国的外交沟通，一年以后，终究可以敲定赠送事宜。再到运至北京，满打满算也不过一九〇七年五月份了。

一九〇七年秋天，发生在圆明园上下天光的双密室事件，有永和轮参与其中，是完全有可能的。

可能只能算是可能，不是百分百的确定，但我心中还是踏实了不少，并且直觉也告诉我，葵井小姐绝对还掌握了其他什么文献资料，让她肯定《营造档》中的汽轮就是比历史记载提前抵达中国的永和轮。

所以说，接下来委托调查工作后的第一天的整个下午，我的工作只是让自己更安心一些，不只是因为靠不住的直觉去做事。

接下来按照自己的节奏去做，多半不会出什么差错。

圆明园上下天光重建工程……

当我打开练兵处《营造档》的光盘文档，从第一页开始看起时，就直接为事前的疑问找到了答案。

为什么上下天光能独活于圆明园？因为它是重建的。动工时间正是练兵处《营造档》的起始时间——光绪三十三年（1907）三月九日。主持重建工程的，正是最后命案现场四人之一的张永利。

昨天在读命案时的档案记录，已经猜到一二。

一方面，上下天光有明显未完工痕迹，碧纱橱就是证据。另一方面，太监之三直接记录张永利正在绘制底样，只有样式房的人才会这门手艺。并且他是唯一有独立房间工作的人，甚至要比官职看起来不低的方总监督的待遇还要好，只有一个解释，那就是整栋楼是由他来主持。

最后一代样式雷——雷廷昌，在一九〇七年去世。都说雷廷昌死后再无样式房的建筑技艺，文献摆在面前，显然是不攻自破。更何况从样式雷开始为皇家做建筑，一直就不只是雷姓一家在做，技艺方面就算是外姓人只要进样式房都能学到，不过是拿不到掌案的位置。现在有了一个样式张，并不为奇。

从光绪三十三年三月九日开始看起，张永利先来到圆明园后湖的北岸，或者更准确地说是上下天光废墟处实地丈量考察。记录中说，后湖北岸同样是一片焦土，上下天光荡然无存，水上长廊也好月台也好木制天棚也好，早已化为灰烬，原址仅能看到些当年的柱础痕迹，已算不错。

开始几天，一直只是张永利一个人来。直到第五天，后湖北岸来了第二个人，洪广家。

同样是预料之中的人。

从命案发生时的记录中就能看得出来，洪广家是建筑工程中的算房，也就是掌管收入支出、成本核算等建筑资金方面的专员。在样式雷的团队中，必不可少的就是世代合作下来的算房高一家。在这里，张永利的合作伙伴，便是这位洪广家。

只不过，张永利和洪广家从第一天一起到后湖北岸，就开始争执，不太愉快。可惜档案太监并没有把他们所争内容一五一十记录下来，就像是在看一卷无声的录像资料，想要知道他们到底说了什么，要么会唇语，要么全靠猜。当然说是"猜"，有些过度自我贬低的嫌疑，世人皆知财务永远和工程不对付的，他们之间所争，不外乎是经费问题。看成果来说，应该不会是经费不够，那便只有经费在工程中如何分配最合理与张永利所追求的极致之间的矛盾了。

一开始的记录并不长，通常都是早晨八点钟开始，张永利率先到达，用档案太监描述不清的工具在后湖北岸的一片焦土上，一分一毫地丈量。也有的时候，他会长时间地发呆。

洪广家会在十一点钟姗姗来迟。他到之后不做别的，直接和张永利开始一天的争吵。每一次都似乎是从财务方面否定掉张永利一上午的想法。这样想来，确实是很打击人的做法，只是这个张永利像是一台全然不受影响的机器一样，依然锲而不舍地构想着他自己的蓝图。

大概能干的工匠，都有这么一股执着的蠢劲才行。

与洪广家争吵的第四天，第三个人出现了——方总监督。

因为官职很高，档案太监在档案中一直只称官职，从未直呼名讳。不仅如此，同样是因为官位甚高，获得了档案太监们更多的关注，即使是在喝茶小憩，也会记上一笔。然而，关于这位方总监督个人的信息，比起最后一天的记录，在他出现时，仅多了一条线索，那就是他并不是上下天光重建工程而是练兵处的总监督。

我当然忍受不了一个没有全名出现的人，有了"练兵处"的新线索，大概不难查到这个人的底细。

清华大学的老旧电脑速度太慢，连的网络速度也跟不上。我干脆跟那位学生管理员说了一声，开始用手机检索。也许因为手机可用的数据库有限，我为刚才的乐观想法而感到抱歉，怎么可能会有手到擒来的文献躺在那里等我。

练兵处由北洋大臣袁世凯极力推动，一九〇三年底在北京设立。设立伊始，其司科组建就基本完成，练兵处下面有"军政""军令""军学"三司，每司下面又分各科。

至此基本上都是常识性检索，接下来刚要深入，就是碰壁之处了。

三司配有正使、副使各一员，官职和权力仅次于袁世凯，各司正副使都是段祺瑞、冯国璋这种鼎鼎大名的历史人物。司下各科，会有监督一职，然而找遍练兵处编制，根本没有"总监督"

的职位。如假设是档案太监笔误多写了一个"总"字，那么再搜各科监督亦是找不到方姓之人。况且，一来笔误不会从始至终，二来这监督的官位，并未高到能让档案太监的笔触都显出些卑躬屈膝的意味。

练兵处总监督……

我叹口气不想在这上面耗费太多精力，只好给邵靖发了没有尊严的邮件，询问"练兵处的总监督"是怎么回事。

邮件才发过去十分钟，带附件的回复就来了。邵靖是不是全天二十四小时守在电脑边，然后有八台电脑八百种内部专用数据库随时可以调用检索？

打开邮件，正文只有"才第二天哦。"五个字和一个句号。

我心想着"我还查到了永和轮的造船奖励认许证书，没告诉你而已！"，同时不动声色地点击下载了附件。

附件是一个压缩文件，解压缩后的文件夹里……全是 PDF 文档。

看来说邵靖有八台电脑在办公桌上，是少说了。只是十来分钟，他竟然已经把我手足无措的东西查到如此程度。

算了，管不了他到底用了什么手段，我更关心的是自己提出的问题。

文档全是一手文献的电子档，文件名逐一被邵靖标上了文献来源和时间。在嘲笑我的同时，不忘把事情做得专业，就称赞他一句"了不起"也无妨了。

在邵靖发来的文档中，练兵处总监督的问题迎刃而解。在光绪三十二年（1906）底，为了配合预备立宪的实施，练兵处在编制上再度做了微调。微调中，军令司就临时设立了新的高级职位，这便是军令司总监督一职，其目的是方便军令司业务中运筹、测绘、储材统筹管理。所谓临时职位，确实相当临时，根本没熬到辛亥革命清朝灭亡，刚刚到一九〇八年初，慈禧老佛爷和光绪皇帝都还健在的时候，它便被撤掉，短命得只是清末改革繁花中的一点星火。

且不为它短命所感慨，只说这个临时职位本身，从文献中可以看到，不到两年的时间中只有一个人担任过，此人名叫方宗胜。

姓方，又是总监督，不会有错了。

邵靖的文献不止如此，方宗胜离开练兵处后的人生，也多少提到一些。甚至还找到一张方宗胜在北伐战争中，策马扬鞭怒指天空的军装照。他微微侧脸，显出面颊的粗犷轮廓，带着几分英气，看来到了民国，他还是混得不错。不过，这些与我关注的命案无关，放到了一边。

大概是在找方宗胜照片时偶得的副产品，照片不止方宗胜个人照一张，还有另外一张合影。都穿着长衫戴着瓜皮帽，显然不是民国时期而是在清代。我仔细辨认照片里的人，一共三个人，全不是方宗胜。最左边的瘦小干枯，眼神却很坚韧有力，中间的整个人处在游离不定的状态被抓拍下来，右边的身材最为粗壮，可能第一次面对照相机，满脸惊恐不安。

这又是邵靖丢给我的一个哑谜？可惜答案太过简单，从背景就可以判断得出来，是在荒芜焦土的圆明园里，那么他们当然就是命案中另外三个身在现场的人。身材粗壮的那位，八成是马全安，而另外两位……我无暇顾及这么多旁枝线索，现在更在意的只有方宗胜。无关紧要的哑谜，即便猜出答案，我也懒得特意再去回应。

回到方宗胜这个人身上，军令司总监督所统筹掌管的项目，与重建上下天光是有很大的联系，这一点对于命案本身来说，是一个大好消息了。

搞清楚了查阅文献中遇到的问题，我重新回到《营造档》中去，继续仔细查阅案发前的"实况录像"。

方宗胜的出现，具有一个实质效果，张永利和洪广家第一次见面没有争吵。这也难怪，毕竟方宗胜是重建工程真正的掌管者，他们不至于愚钝到要在总监督面前继续争吵。而真正的实质效果，不是在官员面前做样子，而是在方宗胜连续到来后湖北岸两天之后，工程队运着第一批建材到了现场。

如果说方宗胜的到来，解决了张、洪两人的矛盾，那么建材运来的效率未免太高。建材内容有所记录，大木、石材、砖材皆有。如果说石材和砖材还可以直接从房山运来，但大木只能从南方运。从采购到运送，都需要耗费大量时间成本，甚至不可能是《营造档》所记录的十几天可以完成。由此推断《营造档》并非从重建工程确定初始开始记录，而是因为有什么契机，练兵处才主持建了这份档案。是什么契机，仅看不到一个月的记录，无法获知。只是隐隐感觉，张、洪的争吵点，未必完全是关于建筑经费问题，因为从后续运来的建材来看，依然出现了过多用途重复的建材，出于节省的主张在这里让人难以信服。

　　直至此时，出现的人物依旧只有张、洪、方三人。初步判定是建筑工程队管事的马全安迟迟没有从人群中脱颖而出。不过，这倒不急，因为在继续阅读档案的过程中，我依稀察觉张永利的行为有些不大对劲。

　　按常理来说，已经到了开工的时间，作为样式房的人，工作应该将重心放在指挥工程队，以及监督工程是否与自己设计相符上。可是通过记录描述即可看出，张永利在监督工程时并没有全心全意，他并不会避着洪广家，只要方宗胜不在现场，他就会开小差。

　　从一开始我就觉察到有所不对，看到一个月后开小差的张永利，我终于明白。圆明园后湖北岸只有西侧是山体隔开，东侧有相当一块空地，而从档案初始记录中，张永利就一直在给后湖北岸全部空地做测量。此时所说的"开小差"也是一样，只要上下天光这边一开工，他便在东侧和北侧开始他的测量。

　　将这个点延续下去，同样能和记录里命案发生时关于张永利的违和感联系到一起了。

　　张永利可以在独立房间中工作，无可厚非，但他所做是在绘制底样，这就有些奇怪了。在第一次看到这条描述时，我姑且认为是张永利还有其他在筹划阶段的工程。只是这种猜测的可能性相当之低，因为没有充足的理由可以让他不在自己的样式房里去绘制底样，偏偏要跑到真正监工方宗胜眼皮子底下来另起炉灶。

而现在，全都能说得通了。张永利一直以来就在筹划在上下天光旁边再造一栋建筑。恐怕，也是因为这个筹划，作为算房掌管财务的洪广家才会一直与他争吵不休。

小差依旧开，房子照旧造。终于，学生们纷纷出现，马全安的名字亦是出现了。

身后忽然有人的气息？

我猛然回头，立刻明白，苦笑着明知故问："是……下班了？"

学生管理员以点头回应，毫无商量余地。

本以为会遭到一连串的嘲讽才能进入正题，可是邵靖一反常态，更希望立刻听我即将讲述的详情。

"是从川崎造船所留学归来的学生？"邵靖听完我整整阅读了三天《营造档》后总结的事件线和人物关系线，立即盯住一个问题的核心反问我。

幸好我早有准备，不会手忙脚乱狼狈不堪让邵靖抓到机会嘲笑："一九〇五年春夏之交去的日本，大概是看到日俄战争日本稳胜，率先做了一步布局。"

不得不承认，在去给我的雇主葵井小姐做第一次工作汇报之前，我还是更希望能听一听邵靖对我查到的初步材料有什么看法。毕竟这份报酬颇丰的工作，是他转到我手里的。

"倒是明智了一次，"不知道邵靖是对大清国的决策还是对我的检索的赞许，"回国时间呢？"

"因为是到工厂学技术，没有受到一九〇五年底取缔留日学生事件影响，一直到一九〇七年六月才回国。"

"回国以后立即去了圆明园？"

"从《营造档》记录中来看，时间上差不出一个星期。"

"一九〇七年六月啊……这个时间点有点意思了，"邵靖陷入了沉思，"对了，知道是什么机构派他们去留学的吗？"

"查不出来，"我如实地说，"不过，你说得没错，回国的时间点很微妙了。正好是陆军部设立海军处的时间。"我为了不让自己回答不上来他的提问而显得过于狼狈，紧接着刚才他提过的点，延伸下去。

"然而和练兵处勾搭在一起。"邵靖思考的眼神更深邃了。

"什么叫勾搭啊……"我有些不满他的用词。

"那个时候上下天光重建到什么程度？"

"楼体基本完成，门窗尚在安装，内部装潢还没开始动工。"

"就是说，楼已经完全可以使用了？"

"应该是的。"

"还有什么其他的吗？"

"大概就是马全安了。第一次出现这个人的名字，几乎是和两个归国学生到上下天光后不久。本来他只是建筑队里的一员，就算是领班之类，也一直没有以个体的形式在《营造档》里出现过。直到方宗胜把两名学生介绍给包括张永利、洪广家在内的整个上下天光工程队之后第七天，马全安的名字才出现了。不过，出现得并不算光彩，第一次出现就是记录马全安和两名学生发生了正面的冲突，破口大骂，甚至要动手打人。"

"七天？七天里还有什么特别值得注意的事发生？"

他竟没有问发生冲突的原因？

"不知道，干脆我把七天的记录都跟你说一遍，你自己听听看，"我打开电脑，看着自己的笔记开始说，"第一天，方宗胜介绍两名归国学生给工程队众人。第二天，杨继、孟指然到上下天光，连续被诸人冷遇，不欢而散。第三天，杨、孟二人照旧来上下天光，尴尬气氛不减。第四天，杨、孟二人不再试图与工程队亲近，直接到上层考察。第五天，二人再度上楼，被洪广家冷嘲热讽。第六天……"

"看来第六天有什么特别之处。"

"确实，第六天出现了两个非上下天光工程队的工人。"

"没有名字？"

"未有提及。"

"有什么特点？"

"没有具体描述，然而，和建筑工程队都是敞胸露怀的粗人不太一样，至少穿着算是体面。虽说档案用的描述还是充满鄙夷。"

"然后第七天马全安就和归国学生发生了正面冲突。那显然是和前一天来的不知名工人有关。先不管前面，之后马全安又有什么动作？"

我想了想，并没有深刻印象，只好把笔记调出，继续往后看，希望能找出什么新的线索。

"只是继续在听张永利安排，运木材过来现场做大方窗……木匠工作、木匠工作、还是木匠工……"我忽然停住，果然发现了什么,"确实有了!在学生们争吵和催促下,马全安单独找了两个工人,在上下天光东北角搭了一个架子。"

"张永利很不满意吧?"邵靖再次无视直接的问题——架子的作用——而从其他角度询问。他看似心不在焉地在他的电脑里敲着什么,大概是嫌我来耽误了他的工作。

"没错,"我认真阅读笔记后回答,想用这种认真唤醒这家伙,"从架子开始搭建,张永利就没有过好脾气,见到谁都要骂上两句。"

"嗯,倒是合乎情理。"

"你不好奇架子是干什么用的?"

"杨继的死状是什么?"

又反问我?我只好根据档案描述再度说了一遍。

"档案里还说到有电报台在上层。虽然暂时不明白电报台的作用,但架子在上下天光东北角,从圆明园到上下天光只有东北角可以陆路抵达。整合来看,只有一个可能,就是从外面把一根电缆接了进来并通到了上层。架子是一个楼外电缆架,没错吧。"

"算你赢了。"

"还有另外一件事我很在意,"邵靖并不在意我挣扎中的冷嘲,"是在架子搭建好之后。"

"架子搭建还有一点小插曲,搭建中途学生们说马全安搭得完全用不了,要求重搭。争吵在所难免,不过,架子总算还是重建好了,建好的时间是……"我连忙翻笔记来确认,"是光绪三十三年六月七日。六月七日之后……"

"电报,"邵靖打断我照本宣科的节奏,"你再读一遍关于电报的几条记录。"

幸好我也同样注意到电报这个奇异突兀的存在,只是没能想明白它在整个事件中起到什么作用,不过既然已经注意,关于它的细节自然都抄录下来:"原文太枯燥,我不读直接说好了。"

邵靖点头,说:"如果漏掉什么细节,我会直接发问。"

"光绪三十三年六月十日,上下天光施工现场运来了第一批电报机。"

"几台?"

"呃,"我愣了一下,数量确实是另外一个奇异点,"三台。"

"什么电报机?"

"嗯?"我再次愣住,完全没有思考过这个问题,只好查看笔记,笔记上果然还是有记录,只不过我认为这太过理所应当,根本没有在意,"莫尔斯电报机。"

"是发报机吧?"

"对……是莫尔斯发报机。"我被邵靖问得连连败退。

"继续。"

我是投降了,只好真正意义上地照本宣科:"光绪三十三年六月十五日,三台忽斯登收报机运达上下天光。"

"十号到十五号之间呢?"

"没有再运来过电报相关的东西了。"

"不一定是直接相关,这四天里马全安没有再和两个学生争吵过？"

我立刻去查，居然真的被他猜中，在六月十三日有争吵记录，而且不只是马全安，就连张永利都气急败坏地骂了学生们。

"因为什么争吵？"

"学生们可以说是得寸进尺，要求在上下天光的上层屋顶上再架一根竹竿。不过，争吵归争吵，第二天学生就搬来救兵，方宗胜到现场要求马全安带团队立刻将竹竿架好，不得延误。这次争吵在表面上，等于又是学生获胜。"

"而实际上把祸根埋得更深。"

"没错。"

"视重建的上下天光为自己精神寄托的张永利，肯定无法忍受对自己作品结构一改再改。马全安已经和学生正面冲突多次，不必多提。洪广家虽然没有和学生们发生正面冲突，但作为这次工程的算房掌案，他都能和张永利争吵多次，显然相当在意成本核算，而学生们用盖上下天光的建材，搭了一个电缆架子，额外耗材耗资恐怕也是他绝不能忍受的点。"邵靖自言自语地陷入了长时间的沉思，"虽然刚才听你补充的内容，基本证实了我一个大胆的猜想。"

嗯？他到底关注的是哪个方面，我摸不着头脑。邵靖少有地显出焦急苦恼神色，我不敢打扰他的思维，只好继续静候。

"而且正好可以先解决一下你的合同问题。"邵靖突然说话，又是没头没尾。

合同？合同有什么问题？

"你就一点都不好奇,学生到底拿永和轮还有那些电报机做什么吗?"

"当、当然好奇啊,"刚刚还在想着确定杀人动机的我,一时没能转过思路,"可是《营造档》里根本没有详细记录,确定的话有难度吧。"

"有什么难度?"邵靖一脸不屑,"而且不确定,在孟指然的线上你只能寸步难行。"

确实没错,从一开始我就认定这是一个双重密室,而孟指然那边毫无进展。上一次见面时,他还自称是外行,而现在显然已经自信满满,看来有了新的突破。

"其实他们本来就是联动的。"

联动?我的确想过这个方向,但……

"已经非常明显了。"邵靖把他的电脑挪给我看,屏幕上全是我刚刚跟他说的《营造档》内容,或者更准确地说,是通过某种规则进一步筛选组合出来的。

规则并不难看出,全都是在六月中运到上下天光的机械零件记录,转轴、摇臂、连杆、磁柱、线圈、齿轮如此种种,颇有深意。

这是他刚才听我复述笔记时随手记下来的?

"是学生们硬要加一根竹竿在上层屋顶给了我最大的提示。"

"竹竿……"

"我问你,你了解忽斯登收报机吗?"邵靖根本没给我留思考的时间,直接引导我走向答案,"或者说,忽斯登收报机在当时有几种类型?"

"几种类型?"又是在考试吗,"印字式和波纹式两种。"

"不对不对,不是说的这个类型。在光绪三十三年,肯定都是用的更先进的波纹式收报机。你要从这些运来的材料来想。"

还真是一个循循善诱的好老师了……我不想再被他牵着鼻子走,就等着他直接说答案算了。

"磁柱啦线圈啦,这些难道还不明白?是信号功率放大器。放大的不是信号接收范围,而是接收到信号后产生旋力的力度。怎么样,是不是豁然开朗,全想明白了?"

邵靖的坏心眼就在此,每次先是引导着人到了门边,真到了他就立刻云里雾里开始让人迷惑。我是不会中他的招,根本不理睬,说出我已经想好的答案:"所以你问的忽斯登收报机类型,是要我回答有线收报、无线收报之分?"

"正解,"不知道是否令他满意,看表情好像还行:"从另一个角度分析也可以得出同样的结论,两个学生已经和工程队的人闹成那样,是有多不懂人情世故才会继续要求再在房顶上架竹竿。必然是必要之举,也就是发报机的信号天线。"

我把邵靖的电脑又拿过来仔细看了看,这些分批运来的机械零件在我脑中重新构建,果然可以形成一个巨大笨拙的满是齿轮和旋臂的设备,这个设备可以靠电信号转为磁柱的磁力信号,再靠齿轮不断放大旋力,这种旋力不需要能让船动,只要推动操纵杆即可。三台莫尔斯发报机,各自可以控制前后、左右、给汽三根操纵杆,也就是完全可以代替人在船上操作。而更关键的是,和电报机相关之后，我终于想起了葵井小姐的委托内容，那卷铜箔，上面三行孔洞，岂不是更像电报打出来的纸条。这样一想，铜箔和整起命案的相关性更高了。铜箔本身很可能就是学生做数据统计用的一个部件而已。怪不得邵靖会说"正好解决一下我的合同问题"这种怪话。

"可是，"我忽然发现了漏洞，"还有一个问题啊。如果船上需要安装忽斯登收报机，收报所用的电力从何而来？"

邵靖露出了神秘的微笑，说："这个不是从一开始就知道的吗？你最开始看《营造档》的时候，看的是案发时的记录，不是都有记录，船翻了，二楼的围栏断了。为什么会断？为什么会和船翻了连在一起？"

"电线？连着电线？"

"当时确实有电瓶，但是即使是两台忽斯登收报机的耗电量，那时候的电瓶也是带不动的，更何况还要有外设增强器。估计学生们也一直在苦恼这个问题怎么解决。"邵靖摇摇头，"其实挺可惜的，全都怪当时的信息不发达，实际上远在美国，特斯拉已经发明出更为简便直接的遥控船装置。再看学生们的，只能觉得是异想天开。也只有什么都缺的大清，才会认可这种笨拙。后面居然真的能开起来，忍不住要为他们鼓掌称赞。"

他说得没错，不过，我更关心的是这一切的新结论和命案的真相到底有多大的关系。如果是电报遥控汽轮，那么双重密室姑且就可以取消。只要有人上到二楼，在杀掉杨继之前，让他把船弄翻即可。可是，这个上到二楼的人到底……

"啊！不好！"邵靖一声惊呼，把我的思绪完全打乱，"是不是快到你和葵井小姐约定的时间？和日本人约会绝对不要迟到，那样太失礼了。"

"约会？"

他根本没再理会我的反问质疑，就把我从历史档案馆的休息区沙发上弄了起来，连推带赶让我赶紧去赴约。

"别忘了跟葵井小姐说你的新发现，她一定关心这个。"

他同样想到了铜箔和电报遥控设备的关系了吧。

葵井小姐给的见面地点在城东一栋高级写字楼的顶层咖啡馆。

日本人可能都偏爱北京城东那片地方，也许是因为日坛在东边？所以……进了电梯，我心里本来只是想着一些冷笑话让自己放松一些，忽然意识到一个严峻的问题。

我大概是太过投入，又一心想着找邵靖聊上一聊调查情况，结果根本没想起来人家的委托就不是去调查上下天光命案。电梯开始急速上升，我立刻掏出平板电脑，用最短时间重新弄出一份胡乱的调查报告。电梯门"叮"的一声打开，我的报告刚好在最后一刻做完，长舒口气。

看了时间，我并没有迟到，但葵井小姐已经到了，没有坐在视野最好的窗边，而是窗的远端。她没有抬头看我，默许我坐到对面。

或许这是她惯用的处事方式？这些无所谓。我把刚刚做好的调查报告放到她面前，反向看着自己平板电脑的屏幕，开始从第一页讲起。

包括铜箔确定是在一九〇八年献礼仪式之前就在永和轮上的推理在内，全部讲给她听。同时，把"造船奖励认许证书"的发现作为本次报告的一个亮点着重讲述，却依旧换不来葵井小姐情绪上的一丁点起伏。

这是最棘手的局面，我猜不透她到底期待的是什么，只好按部就班继续往下讲。可惜，确实是我查阅相关文献有限，一直讲到两个学生一九〇七年六月份到了上下天光，近一个月之后，永和轮运到圆明园，并由川崎造船所的人现场组装下水之后，就没什么可继续的了。

一定是我的这次报告准备得太过仓促，把本来该有的亮点和疑点全都讲得索然无味。难为了葵井小姐还能保持全程面无表情而非睡着。这样想着，我更希望这场调查报告，也就是我这份委托合同的第一次报告能快些结束。

大概葵井小姐也是这样想的，在我已经有些词穷的时候，她礼貌地向我点头示意可以结束了。

原本有一套笔纸放在面前的葵井小姐，不动声色地把本子合上塞回背包，那上面一笔没记。我真是又受了一次打击，原来我的工作如此不值一提。

她去结账之后，我们便无声地分开了。

刚刚礼貌地告别，她倒是忽然主动说："你有我的邮箱地址，希望下次报告之前，把材料事先寄到我的邮箱里，以便我提前了解一二。"

我连忙点头同意，与她再次告别。

她是把糊弄事的我给看透了？

结果此时，我才突然想起，自己完全把早晨刚刚发现的铜箔和永和轮的关系的事情给忘得一干二净，如果我把这个报告给她听，绝对不会是这样的结果，况且临走时邵靖还嘱咐过我。

我是不是真傻……

这样想着，回到地面，恍如隔世般地疲惫不堪。

我拿出手机，犹豫片刻，还是忍不住打开了邮箱。果不其然，邵靖没有让我失望，再度给我发了邮件。

在回家的路上，我已经把邵靖的邮件看了。邮件没有正文，附件就是它的全部。那个用繁忙作为借口和我打哑谜的邵靖依旧在。

附件分为两个文件，横竖都要看，按顺序先点开了排在前面的。

第一个附件是一张照片，点开看到，我多少感到有些出乎意料，是一份颇具年代感的订购单？而且破破烂烂，是在文献修复台上正在修复时拍下的照片。

先不管修复文献的事，直接看订购单的内容。清晰可见的是，这张订购单是练兵处军令司发出的。

放大照片仔细来看，可以看到订单发出的日期，光绪三十三年六月十九日。我姑且换算一下便知是公历一九〇七年七月二十八日。两个学生是六月初到的上下天光，看来这个订购单与他们有直接的联系。再看接单方，自然就更能明白邵靖发它过来的用意。接单方正是当时的川崎造船所。然而订单内容让我愣了片刻，是向川崎造船所订购一台小型的蒸汽动力发电机、十匝以及三千匝两部线圈和一颗铜球。

这是在为电报遥控汽轮寻找电能？竟如此信得过他们的母校老东家川崎造船所。然而，问题回来了，既然在六月中下旬就订购了蒸汽动力发电机，案发时，上层的围栏却是被电线拉扯断……

先仔细看照片再说。

正在修复台上修复的文献，邵靖都能弄到照片，我确实佩服他在文献上神通广大的门路。这片苦心，我心领了。只是这张照片订购单以外的细节，多少让我有些在意。在订购单的照片边缘，不仅露出了专用于文献修复的蓝色台湾切割垫，还能看到修复工具打刷的一角。这只打刷，黑色鬃毛，长方形的刷头……明显是中国文献修复才会用的刷子。如果在日本，文献修复用的打刷是圆的。也就是说，这张订购单在中国。更进一步说，明明发给了川崎造船厂，为什么还会存在中国。好像有点解释不通。

思索着疑点，我点开了另外一个附件。

我以为自己对邵靖的路数早就熟透，可是看到第二个附件内容时，吃惊到大脑一片空白，停止了思考。

附件依旧是 PDF 文件，但显然是从文档文件转过来的。文件里只有两行。第一行写着"机会"两个字以及一个最常见的微笑表情。邵靖曾经强词夺理地说过，以表情作为结尾，可以代替句号、问号等标点符号。第二行则是一行网址。从网址可以清楚看出，是一个国际性的社交网络平台链接。

根本不需要好奇心驱使，我也会点开链接看个究竟。

打开网页链接，我吃惊到了顶点，这是……葵井小姐的社交平台主页。

葵井小姐直接用了本名的罗马字母拼写作为社交平台用户名，再加上头像是她的近照，确认无误了。

机会？什么意思？这一次我无法破解邵靖发来的哑谜，开始浏览葵井小姐的主页。脑子里却浮现出方才自己让她失望的场景，挥之不去。

关注她的人数非常少，仅有不到一百人。而她关注的就更少，不过三十四人。人数甚少，但动态的回复数却还看得过去。不过，仔细看回复内容，多是与葵井小姐以姐妹相称。看来她们都是葵井小姐的亲朋好友了。而从葵井小姐直接用本名的罗马字母拼写作为用户名来看，她并没有想隐藏自己，不过从如此少的关注和被关注人数来看，隐藏与否并无太大差别。

原来她很喜欢发动态到这里，动态数量相当可观。我有些小心翼翼地先看了一下本日她有没有发什么动态，结果发现最新的一条是在成田机场，说：要去中国，不知什么时候回。

来到中国这么多天，她一条动态都没有再发，不知是喜是忧。当然，更有可能的是，她还没有找到能登陆那个社交平台发动态的手段。实际上，这个根本不必我来为她操心，只是备感遗憾而已。

她的动态多数都是表述一下心情。快速地浏览一遍，了解到了葵井小姐不少。

她虽然是博物馆里的精英，工作压力却依旧很大。可以看得出每天下班都很晚，时常会感到疲惫不堪。不过，工作内容她倒是喜欢的，从没有对工作本身有过抱怨，甚至可以说是一个工作狂，只要工作起来就不管不顾。日常会和同事一起吃午饭，晚餐却多是回家自己吃。怕是没有什么交心的朋友。基本没有业余的娱乐活动，只是偶尔会去一家威士忌酒吧小酌一杯。神户距离著名的威士忌酒厂山崎蒸馏所很近，但她偏偏舍近求远，只喝余市。

我以为葵井小姐几乎不笑，可是从她发过的少之又少的几张照片中，都能看到她笑得灿烂。依然是精致的短发，又加上了精致的酒窝点缀，令我不得不怀疑自己所见与照片中的是否真的是同一个人。

恐高、恐狗、恋猫……似乎业余爱好只有一个，就是喜欢疯狂买鞋。我继续收集着可能分析出来的葵井小姐的信息。这是一个比我所见的更为全面和真实的葵井小姐。真实到，仅是前不久她还发过一张带文字的照片动态。文字挥着拳头说："今天必须挑战成功，再也不怕。"照片是她半侧脸看向背后的一座摩天轮的自拍合影。精致的酒窝让我感到她是开心地去挑战，然而对于一个恐高的人来说，摩天轮确实有些灾难，只是她想要挑战的这座摩天轮……骨架是八角形，每个角有一个吊篮，吊篮的颜色可以说是有些幼稚，红、黄、粉、蓝、绿，等等，更像是公园的长椅，只是多了保护围栏和一个简易的顶棚。而这座八角形骨架八个吊篮的彩色摩天轮，目测来看，最高点也不会超过十米。还真是相当摩天了,对着照片,我忍不住都想对要去挑战的葵井小姐说一声加油了。

好了,不能再看下去,需要干一些其他的正事,不然日后邵靖绝对会嘲笑我,因为我果然又被他牵着鼻子走。况且如果不及时理智地停下来,恐怕会越走越深。

回到家里,本打算立刻打开电脑开始全神贯注继续追查,却在把开着葵井小姐首页的手机放到一边之后,感到全身心疲惫,再无工作的状态。

又回想起早晨去找邵靖,本打算的是和他通过《营造档》的记录讨论清楚在场几人的杀人动机,到头来刚刚过了三两招,我已经被他随意带跑。结果倒是不坏的,至少解开了永和轮与上下天光关系之谜,甚至还让那卷铜箔在命案中变得有了意义,可是在这一点上,我自己也不是没有思路,找到同样的答案只是时间问题,而我本来想和他讨论的在场人的杀人动机,却被他轻而易举地给一带而过。

在那种极端条件下,还要完成杀人行为。强烈的动机驱使才是凶手暴露的破绽,确凿的动机,便是锁定凶手的利器。

我依然需要坚定自己对本案的认识。

想定了接下来的方向,疲惫和难以释怀的沮丧似乎都减轻不少,决定就这样休息,把工作交给第二天即可。

只是一天没有来,我对建筑学院资料室竟是充满了久违的感觉。

帮我取光盘的，仍旧是那位面相稚嫩的学生管理员，她如同酒吧里的酒保接待熟客一样，见到我来，直接去了档案保存室，随即面带理所应当的微笑，把《营造档》递给了我。

我接过光盘，实在不好意思开口，却还是不得不说了："今天我想借《中国营造学社汇刊》。"

她一脸难以置信的表情，气氛冻住数秒，才恢复，认真地想阻止我做出如此愚蠢的选择，说："《汇刊》我们这里确实有馆藏，但是没必要一定在这里看吧……"

所言不假，汇刊创刊于一九三〇年，又有梁思成等大家参与，保存相当完善，直至今日电子化归档，诸多线上数据库都能全本阅读，因此完全没必要在这个需要计时收费的资料室浪费金钱阅读。

"这样方便一些。"

"资料室规定，不允许同时借出两张及以上的光盘。"

她不是讲解规定，而是告知，同时直接把我手中的《营造档》光盘拿了回去。显然，是对我这种仗着有经费、图方便就不懂得节省的家伙，嗤之以鼻了。

等了一阵子，学生管理员把我所需要的光盘取了出来，面无表情地给了我。

虽然算不上是有的放矢，但是打开《汇刊》光盘的文档，找了没多久，还是找到了我想要的。

果然逃不过当年第一批建筑学史专家的眼。

关于圆明园各景的考古测绘工作从创刊第一期开始就一直在

做，在一九三三年刊登出上下天光基座的测绘图，算是关于这座建筑的工作姑且告一段落。众专家已经把精力转向杏花春馆和坦坦荡荡两座建筑之后许久，在一九三六年上下天光再度出现于《汇刊》，不过文章很短，豆腐块大小。文章只是提出从上下天光的基座保存叠加情况考察，上下天光主体楼大规模改建重修的次数应该是四次，而非学界所认定的——乾隆中叶、道光初年、英法联军焚毁后的同治年间——三次。短小的文章署名：张阔深。

作者姓张？我更觉得有些意思了。

张阔深的文章刊登之后一期，关于上下天光的文章再度出现，同样非常简短，直指"四次说"完全没有文献基础支撑，实属无根之木，并且仅从建筑基座根本无法判断重建次数，对张阔深的主张予以严厉反驳。反驳言之凿凿，随后我翻遍《汇刊》再不见"四次说"。

看似一篇无稽之谈的文章，断了本该有的线，实际上仅仅一篇豆腐块文章，足以给出真正可以去查找的线索。这种时虚时实的过程，才是最有趣的。

在《汇刊》创刊之后，中国营造学社就开始持续向全国招募志愿者参与古建筑研究和保护工作。张阔深就是被招募志愿者名单中的一位。名单是大好的文献，不仅有准确的时间记录，还会在每一个名字后面添加简短的个人信息。张阔深，一九三六年七月加入营造学社志愿者行列，是一位在读大学生，就读学校：国立清华大学。

"请帮我拿一下一九三六年以后的《国立清华大学校刊》。"我把手中的光盘交还给学生管理员说。

她依然对我没什么好气，斜着眼看了看我，才挤出一句："不在这里，请去图书馆借阅。"

"哦，不好意思，是我糊涂了。那么，请帮忙先把计时器停一下，我去去就回。"

她没有说话，但气氛上已经表达了"废话"二字。

实际上，我只是图方便才问，想要看那份校刊，并不需要再跑到清华大学的校图书馆，拿着自己的电脑，随便坐在什么地方，只要有网上得了我用的数据库即可。只是当我想到如果我抱着电脑坐在校园里上网，着实显得有些落魄。幸好就在建筑学院一层，有一处为咖啡自动贩卖机辟出来的休息区，提供了桌椅，实在体现出人性化的一面。

我买了一杯咖啡，坐到一边，继续工作。

和猜测的完全一致，张阔深在《汇刊》上提出"四次说"惨遭否定无力翻身后，是不甘心的，因此很快他又把同样的文章发表在了《国立清华大学校刊》上。

与营造学社的专家们不同，同样是没有文献依据的"四次说"，对于初懂些皮毛的学生们来说，则是惊世骇俗的发现。这种判断是从《校刊》刊登"四次说"之后的后续文章所体现出来的。先是张阔深连续刊登了多篇文章，可惜文章并没有什么新意，两篇下来，分别是"上下天光的历史""样式房图档收藏"的科普而已，只是字里行间的优越感几乎溢出纸外。不过，这种毫无意义的文章，我还是从中看到了一句令人满心期待的话：样式房不只是姓雷的一家堂。虽说这句话极为不准确，样式房实属内务府下层机构，雷家人官职最高，自然由雷家领导，并非学术艺术界，根本没有一家堂之说，但能有这样一句，让我对他的张姓更有期待了。

包括"四次说"的三篇文章连续发表之后，终于出现了质疑的声音。毕竟是国立清华大学，就算没有眼力毒辣的老专家，也不可能让一篇没有文献基础的文章支撑太久时间。抑或是反驳的文章作者终于看了《汇刊》，《校刊》的反驳的观点和《汇刊》如出一辙：没有任何文献证明，仅是凭空假设，甚至可以称之为捏造历史。

一来，"捏造历史"的帽子扣得太高，一般人都难以承受。二来，刚刚获得的成就感，就此被戳破，对于自命不凡的人来说，无法忍受。在下一期《校刊》中，张阔深予以反击。只是在我看来，这篇反击文章并不成功，绵软无力。文章中只是偷换概念地罗列样式房不止雷家，叫得上名的，早一些有郭成名、白廷堃，晚期的有赵荣、张永利。而现有文献都只是记载雷式一家，其他人早已消失在历史长河之中。如果永远以文献为中心，那么看历史就等于是管中窥豹。

看到张永利的名字时，我的嘴角不由得上扬。

终于来了，还挺能藏。

可惜这个张阔深的文章能力着实不行，虽然靠偷换概念卖力反击，但文中不着重点，只有罗列和自说自话的结论。

多少有些可怜这孩子。

带着些许期待还有怜悯，我接着往后翻阅，那个质疑"四次说"的学生自然不会放过这个薄弱无力的对手，再次发难。文章中直接指出张阔深根本没有就其提出的问题作出有效回答，遮遮掩掩顾左右而言他。并且怀疑张阔深根本没有看懂自己所提出的问题，因此在这篇文章中直接将问题列为一二三条，以便张同学可以看懂。这一二三条有强有弱，不再赘述，而其中最为致命的一条和《汇刊》的反驳文章看法高度一致了，那就是如何靠地基遗址判断重修次数，这其中还包括英法联军全面烧毁圆明园的一次。

终于把张阔深逼到尽头了，他必须拿出真家伙才能反击成功。

我更加期待，继续往后翻阅。

而结果是，张阔深果然没让我失望，只是比我想象得略慢了些。时隔一个月之后，张阔深的名字终于再现于《校刊》。

文章的结构就像赌气一样，一上来就先刊登了一连串的照片。

因为最近这段时间一直在不间断看相关文献，照片根本不必细看就知道，这是某版本的上下天光烫样的各个角度拍摄图。

照片后面，便是张阔深雄浑却绵软的阐述文章。文章说到众人想要的文献证据没有，但是实物证据就在照片中。照片里的模型，名叫"烫样"。随后，用了不少的篇幅科普什么是烫样。

真是一个不懂得文章策略的家伙。

大篇科普之后，重点终于出现。他提到，这个烫样就不是雷廷昌所做，而是出自一位名叫张永利的样式房工匠之手。这就是上下天光的第四次重建证据，而且重建的掌案不是雷氏一家，正是这位张永利。张永利已经从内务府申请到拨款,在上下天光那片地方盖出一处如同方壶胜境那样的大景,以证明自己远比雷廷昌伟大,更配得上"样式房"三个字。这才是他毕生的心愿。

看到这些,我不由得要为张阔深叫好。他的文章虽然依旧毫无力道可言,但完全就是为我的调查量身定制。文章中提到张永利打算盖的是整个一处大景,而非只是上下天光一栋楼,或者说是申请下来的拨款是盖整座新景观,只是第一步要重建上下天光。所有内容,都和《营造档》所记录相吻合。另外,虽然清华大学在一九二八年到一九三三年进行了为时五年的清代档案购买和整理工作,但张阔深显然没有看过练兵处的《营造档》,假若他看过,早在《中国营造学生汇刊》发表"四次说"被反驳时,就会拿出《营造档》来狠狠地打反驳者的脸了。因此,可以推断的是,张永利重建上下天光是张阔深从其他途径获知,张永利和上下天光的重建工程,从《营造档》和张阔深这里双向证实了。

那么进一步去探究,他所说也并非无稽之谈。张永利的重建上下天光的经费,来源是内务府。

这一点信息让我再次面带微笑。

原来经费是从内务府要来的,源头查询立刻容易得多。

照片一共有四张,从烫样的不同角度拍摄,拼凑起四张照片,基本能看得出烫样的全貌。和现在藏于清华大学的同治重修上下天光烫样不甚相同,多了四周山丘地形,甚至还有树木模型在楼后面,并且月台要比清华现存版窄了不少。我特意看了烫样的背面,正是有门而非封死的山墙。而上层,只有围栏和立柱,没有门窗，是开放式敞阁，又是与清华大学现存版不同之处。这一点上，倒是让我对在上层操作电报的杨继的视野问题，有了更精确的认识。

张阔深的上下天光烫样照片，实在是为我接下来的探查打开了太多扇便利之门，可以说是珍贵中的珍贵资料。唯独有一个问题……照片中的上下天光烫样，显然是假的……更准确地说，显然是张阔深在一个月的空当里临阵磨枪做出来的。

关于烫样，不能怪张阔深要科普那么多，因为在一九三六年它还没有向世人展览过，中国人对烫样的认识仍处在中国营造学社创始人朱启钤对散落民间的雷氏家藏图样大批量购买回收阶段，就算是近水楼台的清华大学学生，也没有可能看得到真正的烫样是什么样子。因此，张阔深所给出的上下天光烫样，在今人眼里看，实在是漏洞百出，多是道听途说想象而成。这其中最明显的尚不是制作手法，比如说树木模型的样式之类的出入，而是无论在上下天光的屋顶还是楼前月台，以及一切需要的地方，都没有贴模型贴签，甚至一点模型贴签的痕迹都没有。在烫样上，模型贴签是十分重要的一个环节，在贴签上不仅标明烫样名称，更可以让烫样无法表现的室内装修情况以及层高进深等数据一目了然。没有贴签，烫样就真的只是一个用硬纸板做的建筑模型玩具而已了。

然而，话分两头说，虽然张阔深为自己论战胜利费尽心思，弄出一个假的上下天光烫样来，但烫样本身是真是假已然不是重点。从烫样的形式与《营造档》记录基本吻合，可知张阔深即使没有烫样,也是对张永利的上下天光了解甚多。此时,终于可以对张阔深这个名字进行大胆的推断,从一开始我就很在意"阔深"二字,怎么会有人起出这样的名字,除非名字另有深意,比如说,在营造工程上,建筑开间的称谓就有"面阔"和"进深"之说。这个阔深,恐怕就是营造世家留下的痕迹。当然了,在这里完全找不到张阔深就是张永利的后代的证据,然而从种种间接线索上看,十有八九就是这么回事了。我甚至还想象出了在民国时期,张家的家教会有一定的比例是严厉憎恨永世压制他们的雷家,不然他不会一而再再而三地强调样式房不止雷姓一家。

不过这些多是题外话,重点有两项。其一,重建上下天光的经费是从内务府拨款,这样只要去查内务府的财政情况,肯定又有更多新的发现。其二,张永利如此看重上下天光重建工程,杨继、孟指然这两个上下天光重建工程的真正的外来者,还在不断地给即将完成的主体工程添麻烦,那么张永利对其怨恨之心必然有之,而且恐怕相当之深。也就是说,对于想靠重建上下天光来实现站到即将销声匿迹的雷氏家族之上的张永利,有着充足确凿的杀人动机。

想要减少工作量,实际上十分简单,只要编好一个看起来还可以的哑谜,丢给邵靖,不过一会儿的时间,他就能把我想要的统统找过来了。

从清华大学回到家,打开邮箱,果然收到了邵靖的邮件。邮件依旧是附件形式传送文献，我下载下来一看，几十个 PDF 文档，全是内务府在光绪三十二年到三十四年的财政记录，有奏折有档册，可以说是铺天盖地，让人看一眼就头大。根本不需要这么长时间的，只要光绪三十三年两个季度的就足够了。显然这是邵靖对我丢给他的工作的报复，这个家伙总是暗藏各种坏心眼。

读清史是一件并不美好甚至吃力的事情，因为多数都是公文，毫无美感可言不说，每一条本身又都独立存在，很难有任何逻辑关系，想从中查出子丑寅卯，只能靠记忆力把看似毫无关系的条目串联起来。

说是这么说，这一次文献之海中的探查，有相当明确的目标，只要看到"上下天光"或者"圆明园"即可。如此一来，每一份文档只要打开大体扫一眼就知道有没有我想要的，然后果然出现了……

只要思路准确，其文自现。

内务府在光绪三十三年二月十九日，拨款一千三百两白银，收款方是练兵处军令司。三月十日再拨两千两白银给练兵处军令司。

两次拨款，一共三千三百两，对于建一座上下天光着实不多。如果按照张永利所构想的造整个方壶胜境那样的大景，当年耗资一万两千两，与此时的三千三百两差出太多。然而，经历了庚子赔款的清政府，哪里还有几万两白银拿出来盖房子。看着内务府拨款给练兵处军令司，却只是为了重建一座圆明园旧景，也是为其唏嘘不已。

三月十日第二次拨款，这个和《营造档》从三月九日开始记录，显然有着直接的联系。这其中，方宗胜到底运作了多少，尚不可知。不过，从另一个角度来看，张永利恐怕对《营造档》是相当重视的，毕竟他是一个想要迈过雷氏家族这座高山、站在营造顶峰上的匠人。

再继续翻邵靖发来杂乱无章的档案文献，两份时间上完全对得上的文献被我发现。光绪三十二年三月十二日和四月八日，练兵处军令司采购大木、砖瓦石、石灰、琉璃等建筑物料运至后湖北岸上下天光原址。费用记录翔实，第一次物料、运输、人力加在一起为九百六十两白银，第二次合计是一千七百两。我是万分相信邵靖检索文献的能力，再往后看，皆无任何追加开支，也就是说，在算房洪广家的控制下，他将建筑资金原本的三千三百两克扣出了足足六百四十两白银。

这个钱去向何方……

我不由得再拿出《营造档》的笔记来看。洪广家第一次出现在后湖北岸，正是三月十三日。也就是第一批物料运至的第二天。洪广家和张永利见面就针锋相对地大吵，看来张永利是对洪广家的克扣物料款行为极为不满。第二次物料运至，洪广家变本加厉，张永利却没有更多心思去吵，看来是认命，打算就在有限的材料下，完成自己无限的梦想。

不得不说，我认为在四月八日之后肯定还有什么，特别是在学生们和上下天光有了瓜葛之后。

抱有这种想法，我重新翻阅凌乱的文献，果不其然，还是有所看漏，因为依旧没有"上下天光"和"圆明园"的关键词。然而，当我发现这条文献时，感到又有什么东西连到了一起。

文献内容是练兵处军令司和内务府互通的电报档案。军令司提出拨款暂缓请求，要求今后费用全力支持日本川崎造船所归国留学生强国项目。内务府立允撤回第三批拨款三千两白银，但归国留学生费用不在内务府范畴之内，请军令司另求他人。

看到这份电报档案，我几乎是大笑出声，原来他们之间的关系就是如此简单。

说实话，我是完全不相信内务府打算拨出这三千两白银的，军令司的请求大概正中他们下怀，顺势把事情做得漂漂亮亮还不用掏一两银子，何乐而不为。但这其中，恐怕最痛恨这个决定的是洪广家。所谓"撤回"，自然是早有预算，即便没有三千两白银，至少该有一千两，到嘴的鸭子，竟然因为两个日本归国留学生给飞了，他绝对不会高兴，甚至……同样拥有了强烈的杀人动机。

"杀人动机已经确定得这么清楚，反倒变得麻烦了呀。"第二天一大早，我就按捺不住地去找邵靖聊这个案子。

"进展很多嘛。"

邵靖的态度一点都不激动，真是意料之中了。

"可是只有强烈的杀人动机，还是解不了上下天光的密室之谜啊。"

"强烈的杀人动机？还不够吧。"

"不够？张永利一心想要靠上下天光超越雷廷昌，结果被半路杀来的两个学生给搅局，甚至工程暂停，扼杀了人家理想。洪广家因为学生的到来，至少得少捞几百两银子，断了人家财路。再说马全安，在档案里都有两处记录过他直接向指手画脚的两个学生喊'不准拿他当个奴才使唤'，恐怕他本来就是一个自尊心非常强的人，更何况在案发前四天，档案里明确记录了马全安对学生之一孟指然大打出手，到底打到什么程度档案没有记录，但是从结果来看，早晨打了孟指然，杨继搀扶离开，之后两天学生两人都再没来过现场，直到案发前一天，两个学生才在下午到了上下天光，准备第二天为陆军部演示，对，就是咱们推断出的，演示电报遥控汽轮，随后隔日案发了。咱们不说马全安到底有没有算着日子大打出手，就说他下手之狠，能将一个年轻力壮的学生打到当场只能搀扶离开，第二天都无法出门，其杀意尽现了吧。"我一下子没能收住，说了很多，发现邵靖只是无动于衷的表情，不认可也不否定，更是令人着急恼火。"我是说了'杀人动机确定得清楚反倒麻烦'这样的话，但麻烦的意思是三个人动机的充分度不分伯仲，依旧完全不可能从动机上剔除掉哪怕一个人。不是你想的那种，所以怎么会有'不够'一说？"

"我所说的'不够'当然不是说他们几个的杀人动机不够，"邵靖终于等到最佳时机一样说话了，"而是你看得还不够全面。"

"何解？"

"从你的这个角度来看，有杀人动机的不止他们三个人。"

"你是想说方宗胜？"

"算他一个。"

我一时语塞，不过不能在此就败下阵来："确实到了七月之后，学生们和方宗胜有过不多的争论。七月十日、七月二十八日、八月十日，三次现场争论，档案里没有记录具体争论了什么，但最终还是让方宗胜说服，继续进行他们的试验……"此时，我硬是想起了邵靖发给我的那份订购单，果然他早就从中看出问题，"所以，两个学生是在问那个订购的小型蒸汽发电机到底什么时候到？"

"必然如此，订购单都发出去了。等不来货，谁不着急。"

"确实没等来，不然最后他们不会继续用连电线的老方法给陆军部高官演示成果，等等，所以那台小型蒸汽发电机一直就没到，"这不是争面子的时候，我立刻在自己电脑上，把邵靖昨天发给我的文档打开，迅速找了一下，便有了结果，"这笔订购款，确实不是从内务府出的，内务府管不到练兵处那边去，但……"

"练兵处军令司自己出了一笔订购款，对不对？"

"军令司有运筹科，有这个财务自由权。"

"可是甚至连订购单都没有发到货方手上。军令司拨出来订购发电机还有电力元件的银子到了谁的手里？从学生们期待的态度来看，不可能是他们，所以……"邵靖故意拖长了声音。

"所以，这么说来，方宗胜也有杀人动机了。杀人灭口，几次争论，会不会是学生们知道了太多。"

这当然就是邵靖想要听到的回答，他满意地用力撑了撑交叉的十指，说："不是会不会，而是学生们绝对知道，因为他们最后一次争执是在八月十号，而案发是九月二十号，如果还在等发电机,中间一个月零十天,这么长时间的平静,太不正常。而且,在陆军部的人来观看演示之前几天,无论如何也会确认到发电机运不到的消息,没有任何临时抱佛脚改变计划的慌乱,也说明他们早有准备。"

邵靖把方宗胜的如意算盘一语道破。虽然扣下小型蒸汽发电机等一系列电器设备的订购款,方宗胜并不会捞几个钱,但从这一项就忽然能说通很多的事情,比如为什么是练兵处军令司忽然想要重建上下天光,又为什么在重建到一定程度,又弄来两个归国留学生搞稀奇古怪的试验。前者,就像洪广家所盯上的一样,肯定更能大捞一笔,而后者恐怕就是要给上面的人做出些更好看的成绩来充门面掩盖丑行。只是中途,大捞油水的行为被多事的学生们发现,恐怕他们不只是发现了克扣发电机订购款这么简单,还有其他事情最终激起了方宗胜的杀心也未可知。

我叹了口气,本来想靠杀人动机排除一些人,结果反倒又加一个。

"你还是太天真。"

我忽然想起刚才邵靖说的是"算他一个",那就是说还有其他人?这一次,我多少有些无处下手,只好认输地说:"没有第五个人了啊。"

"真的吗?你再仔细看看笔记。"

"在绘图的张永利、在算账的洪广家、在调碧纱橱的马全安、在等待观看公开演示的方宗胜,只有这四个人……啊!你是说那个调试完仪器走了的日本国友?"

"你看，自己已经找到第五人了。"

"可是他已经走了。"

"你是想说，他有完全的不在场证明？可是这样来说，所有人都有，我们又绕圈子回来了。"

"说是这么说，可是走了的人……"

当我第三次说出"走了"这个动作时，忽然明白了邵靖的用意。这家伙对文献的洞察力未免太强，我心中多少有些不服气，甚至是赌气地说："福尔摩斯先生，那为什么您不亲自来探案？"

"我只是因为旁观，所以看得清，帮你把好不容易做出的逻辑推理挑挑虫，理理清而已。该辛苦还得是您自己，华生小老弟。"他说完就站起来准备回去工作了。

一开始我还以为邵靖这家伙难得地体谅一次别人的心情，结果一个结尾的称谓，他真心的想法全都毫不掩饰地暴露了……

真不愧是我的挚友，哦不，文献之交的朋友邵靖。

合上自己的电脑，我准备去一趟圆明园，实地走一走势在必行，我与邵靖各奔东西。

北京的十月，本应该是秋高气爽万里无云最爽快的时节，结果我出了历史档案馆，发现天气已经和早晨大不同，有点像深秋带雨意的阴天，不是那种夏末会有的厚重积雨云压来的雨意，现在的天一丁点苍茫和凝重都没有，灰蒙蒙一片，没有下雨地面却湿漉漉的，浑浊得不像个秋日，只有阴冷和压抑。

从绮春园宫门到后湖的九州景区有相当一段距离，远不如从一个没有名字只有方位的圆明园西南门进去便捷。但在进园之前，我需要买些东西，而西南门所在的西苑地区我实在不熟，只好舍近求远，先到了清华西门附近熟悉的小店，买了一瓶墨汁、一杆毛笔和一本练字用的米字格小册子，才过了马路，从绮春园宫门进了圆明园遗址公园。

在如此天气下，即便遗址公园里已经植被茂盛郁郁葱葱，可是在绿色之后，只有斑斑驳驳的地基、柱基、残破的台阶、破碎堆砌的砖石，挣扎着让游人知道这里曾经有怎样宏伟瑰丽的一处庭院。

绮春园多是一些小的水池水系，池塘里同样是绿，秋季的绿，荷叶布满，抑或是芦苇荡，微风吹过，三三两两的黑天鹅从其间缓行，摇曳得多少有些动人，只是这天气，再次给人泼了冷水。

我一边想着有荷叶或者芦苇的水池水深，一边绕过一零一中学，又走了相当长的路，终于到了九州景区，后湖湖畔。

后湖远不及福海景区的水域宽阔，但比起方才的几处池塘，还是给人豁然一片水域的开阔感了。

从福海南岸走过来，先抵达的基本就是后湖的东南岸一角，既然距离正南不远，干脆先到正南岸看一看。

后湖正南岸是九州清晏遗址，九州清晏是隔开前湖后湖呈矩形的大岛，而且是后湖的环湖九岛中最大的岛，更是圆明园最核心景区。从它建成那日起，就是皇帝在圆明园的寝宫。内外十几进的大型四合院建筑群，现在只剩下些碎石台阶，连所谓的残垣断壁都不可能见到。

光绪三十三年（1907）的九州清晏想必比此时要苍茫许多，现在的绿茵草坪，当时只能是杂草丛生，遮掩着下面的一片焦土。不过，既然会有高官来访，大概会在岸边搭一些临时栈道，不至于让高官走在草丛中。

走到岸边，看了看平整的草坪缓坡，才笑自己竟妄想看到什么一百多年前木桩的痕迹，随即抬头认真遥望湖对岸。灰蒙蒙的天和灰蒙蒙的湖面之间，依然只是绿莹莹的环湖岛景。上下天光是偏西一边，在南岸望去，除了能看到有走进水中的台阶遗迹，以及台阶西侧是小小的土坡之外，别的什么都看不出来。

我又根据远观台阶遗迹构想了一下二层楼的规模，如果没有乾隆时期楼体左右对称的水上曲桥，或者咸丰时期加盖在楼前的天棚，那只能是一座远在湖对岸、几乎没有什么倒影可映、孤零零光秃秃的二层木楼而已，即使和在湖中冒着滚滚黑烟的永和轮比起来，也不会有什么吸引力可言。在这样远的距离，就算上下天光上层是开放性的，上层的情况，根本不可能看得清楚，何况它有大屋顶遮掩，所以从陆军部众人这边发掘出什么目击文献的想法，恐怕是落空了。

环湖九岛之间都有拱桥相连，我从后湖西岸走过去，分别路过武陵春色、坦坦荡荡、杏花春馆三岛。在走过去的路上，不禁再次唏嘘。《营造档》最后一次记录，皆是以"汽轮撞西岸前覆没"的方式记录，无一人写下是将撞到坦坦荡荡还是杏花春馆的岸。庚子年才过去了七年，什么辉煌瑰丽全都会迅速被遗忘，忘得干干净净。

从西边上到上下天光这座岛上来，需要绕行那个土坡小丘。我选择从后面绕过来，这样自己的视角正好能和上下天光的观景视角一致，面前是世人渴望的湖光山色，虽然只是一片阴冷压抑灰暗浑浊。

上下天光的遗迹现在只剩下楼体建筑台基和月台。台基高于地面，正后方并没有台阶供人登上。然而，我并不觉得这样有什么违和，因为最开始考古到上下天光时，只是一些被烧到完全碳化的柱子和旁边散乱堆放的大块砖石。现在所能看到的完整台基和月台，不过是在二〇〇四年草率地修复之后的结果。到底根据的是哪个有依据的图样版本都不好说了。

登上台基，我再次想象了一下如果这里有楼，将是如何一种场景。又在想象中的墙体后面，观察楼梯、西次房、月台以及窗外的空场。没有真正的楼梯，所以我不可能登上二楼，再去考察身处二楼的视野和感触。

我估算了一下，先是站到了大概是东侧楼梯边的位置，拿出了在清华西门现买来的墨汁、毛笔和米字格练字册子。

站在台基上，仅凭想象出来的墙壁、楼梯、桌椅，是无法依靠的。所以，我手中有三样东西，怎么都无法站立完成任务。无奈下，只好在想象中的北墙和楼梯交界的空当处，面朝后湖席地而坐。

没有多买一个纸杯放墨汁，实在是失策。我只好拧开墨汁瓶，用毛笔直接探进去蘸了蘸，在米字格册子上写起来。

凭借对烂熟于心的场景记忆，不按格子，只是从右往左竖着用小楷字体写下来：十五点钟，方总监督穿堂至月台……

直至写完"展示汽轮成果准备"，我一共蘸了十次墨，可以说我用的笔和墨质量着实不行，平均下来每写九个字就要蘸一次。不过，再回想一下，《营造档》里枯笔甚多，应该根本没给四个档案太监备好笔好墨，和我这里恐怕算是半斤八两了。

在写的过程中，因为蘸墨和回忆场景组织字句，耗费了不少的时间。写完最后一个字后，我看了一下时间，全程耗时六分钟。

随即又到了想象中的西次间位置，以及楼外东南、西南两角，把《营造档》光绪三十三年九月二十日十五时的发生骚动之前的内容写了一遍。写完计时，皆在五到八分钟之间。

耗费半个多小时，我又冷又累地坐到了上下天光的月台遗址上，看着依旧灰蒙蒙一片惨淡的后湖，对自己叹了口气。

就算是先入为主的定向思维，也无法弥补我真实的愚蠢。现在我还依稀记得，在第一次听到邵靖描述这起命案之后，我和他都想到的是，《营造档》就是一盘监控录像。监控录像……真的是太异想天开了，这只是一个比喻手法，结果却完全影响了我的思维和逻辑推演。

在晚清，当然绝不可能有真正的监控录像，比喻成监控录像的《营造档》，在我刚才的实践中已经明显看出差别。监控录像，就算是古老的卡带方式记录，那也是实时记录，也就是说所看到的就是当时那个时刻所发生的。我之前的误区就在于此。比照监控录像，清代的档案记录，即便是像《营造档》这样一个小时记一次，也绝不可能是实时记录这一点我一直没有去思考过。更进一步说，虽然《营造档》每一条记录都会标明时间点钟，但那并不代表档案太监们可以和摄像机一样，瞬间就将那一时刻的场景记录下来。如果说以一个时刻凝固住的记录是录像，不如说更像是照片才对。并且在我的潜意识里，确实也是这样认为的，每一个小时的记录都是该时刻的场景重现。我所有的推理和构想出来的谜题，都基于此，直到邵靖一语中的。

"日本国友走了。"

我特意再去看《营造档》太监之二的记录是：日本国友于上层调试完毕，回新立水师学堂待命，离开。

要比"走了"更加明显，可是我当时完全被自己先入为主的观念所误导，以致没有注意到，这是一个系列动作，并非一张照片式的记录。换言之，这位日本国友绝不可能在一个时间点上做出"楼上调试仪器""下楼"和"离开"这些三个动作。

再进一步说，重新思考《营造档》到底是什么样的记录机制，就显而易见了。

记录需要时间，并且在记录的时候无法观察，两者形成矛盾，解决的办法只有一个就是把两者错开。观察的时候不记录，到了记录的时候就专心记录即可。如此推论下来，《营造档》自然不可能是一个即时记录仪，而是回忆式记录册。

显而易见的事情，我居然绕了这么大的圈子才发现。后湖的水面上略起微澜，微风更让人感到阴冷难耐。我依旧坐在冰冷的月台石阶上，似乎这样能让自己的大脑略微清醒一点。

那么继续进一步说，案发记录的四条，永和轮急行猛转之前的记录，自然就是四个档案太监等到了十六点之前几分钟或十分钟的时候，凭借回忆开始为十五点开始的事情做总结式记录，这样的记录方式，效率最高，错误也应该最小，他们半年来都是如此操作，早已熟练。直到真正的突发事件发生，在高官大员亲临的重大场面下，汽轮突然翻船，二层围栏被扯断，甚至还有一人被杀。无论之前还有什么没有记到，此时肯定都立刻转来记录突发事件。并且尚未进入十六点，仍记录在十五点条目中，无可厚非。由此顺便可以推断出，原来案发并非在光绪三十三年九月二十日十五点整，而是十五点五十五分前后。

案发时间并不怎么重要，重要的是四个档案太监开始记录十五点条目的动作和过程。

假设他们都是在每个点钟的五十分开始记录，最快的一个是太监之三，大约用了五分钟记录完成，那么凶手就是在十五点五十分到五十五分之间作案完成，并离开现场即可。五分钟，最远的大概是正在雕碧纱橱的马全安，也足够上楼杀人，同时胡乱操作永和轮使其翻船，再下楼走掉。在五分钟之内，无论谁看到凶手的行为，都不会去记录，因为早已用半年的时间磨成的规则，这十分钟的后几分钟顺序记到下一个点钟条目里便是，无需在记录的过程中徒增麻烦。然而，光绪三十三年九月二十日十五点的条目却是《营造档》整本档案的终结。永远不可能看到十六点条目中记上凶手的行为了。

自己可笑至极，还认为所有人都具有严密的不在场证明，而现实是所有人都不具有，哪怕是那个被邵靖提及的调试仪器后走掉的日本国友，足可以回来杀人再离去。

日本国友……这个日本国友真的也有杀人动机？然而，杀人动机之前，先要知道他是谁才行。

看来我接下来又要多一项新的调查任务不可了。

隐约听到一零一中学放学的音乐声，以及学生们叽叽喳喳满是活力的嘈杂声，才意识到竟已是傍晚时分，而整个后湖九州景区已经暗得阴森起来。

我颤抖了一下，收拾笔墨，万分想念起园外的热咖啡，此时应该赶紧离开了吧。

关于日本人，我之前的阅读摘抄笔记确实有所疏忽。现在不得不赶在第二天一大早就又去了清华的建筑学院资料室，借来《营造档》，从头到尾把自己的笔记重新补充一遍。

大概在学生管理员眼里看到，我这个熟悉的外校人火急火燎地又走掉了。

没办法，时间不等人，第二天又要去葵井小姐那里报告，今天我还是要继续开小差，那么就只能更加抓紧时间了。

回到家里，先是摊开新的笔记，认真梳理。

果然自己看漏了太多细节，此前一直没有注意过日本人的动态，现在总结来看，确实还有太多地方需要深入调查。

这一次因为着重点在于《营造档》里所提及的日本人，所以在整理笔记时，梳理工作变得比较轻松。很快我就确认了所有日本人，前前后后一共出现七个，但其中仅有一人记录了名字，他名叫藤枝新次郎。之所以其他人没有名字，只是因为他们从来没有被人介绍过，档案太监自然不知名字，只能记录人数。

七个人中有包括藤枝新次郎在内的六个人有另外一个共性，就是他们都是川崎造船所为组装永和轮派来的。这样来说，可以知道藤枝新次郎是六人中的头领，从而在他们和零散分装的永和轮一起抵达圆明园后湖岸边时，方宗胜只介绍了藤枝一个人给在场所有的工匠和学生。

那么七人中多出来的那位，自然就更为显眼。而这位显眼的第七人，正是邵靖让我注意的那位日本国友。

如此明显的一个可疑人物一直被我忽略，我确实是傻了。

这位日本国友第一次出现，是和两位学生一起。档案中记录到他是水师学堂的外籍教师，其他什么也没有记录，只是记下他每次来到上下天光都是上到上层。可以说，被邵靖推断出来的那座电报遥控器，得以完成和使用，恐怕有一半是这位日本国友的功劳了。而他没有像另外四个案发时的在场人一样，具备明显的杀人动机，一直以来，只是平平淡淡地来，没有任何争吵，没有任何冲突，把自己要做的工作做完，离开。和案发当天他的行为并无两样。

即便如此，依旧不能把他排除在外。况且一个连名字都没有的人，实在让我不甚放心。不过，想查到他的名字，不是难事。记录过很多次，他任教于水师学堂。仅此一点，足够把他挖出来。

原本设立在颐和园昆明湖畔的京师水师学堂，经历了甲午战争、庚子之变后早已不复存在，倒是上海的江南水师学堂、天津的北洋水师学堂还有威海水师学堂，等等，随之发展起来。换言之，在庚子之后，北京城包括周边，不再有新的水师学堂成立。那么，这位日本国友所任教的地方又是怎么回事？实际上，这又是袁世凯计划中的一个环节。袁世凯一步步的军事改革中，不仅大刀阔斧给陆军军制重新编制，借甲午失利的余波，一跃站到了海军之上，并且极为看重军队操练，从而才有了练兵处，当然练兵处几乎就等于是他自己的亲兵，这一点辛亥革命后完全暴露。除练兵处之外，袁世凯同样把目光投向了国家治安重点：警务。改革警务学堂的教育，开设新型警务学堂，培养高级的警察人才，同样成了袁世凯大棋中的一步。在初步改革之时，为了步步为营并且不打草惊蛇，就出现了各式各样挂名的军事学堂，成为袁世凯警务学堂改革的预备点、缓冲地。这个水师学堂，想必也是其中一员。袁世凯打算引进的是日本式的警察学校教学体系，那么作为预备点的水师学堂，聘请日本人做教师，更是合情合理。

想找到一个灾后独苗的水师学堂的信息，并不是难事。只要是学堂，总会在报纸上发布各式信息，包括学堂的地址、教学理念、课表安排以及师资储备。

我是抱着大海捞针的决心进入一九〇七年前后北京的报纸海洋里的，但没想到捞上来的竟是一个宝箱。从报纸的招生广告，很容易就找到了这所水师学堂自办的校刊。区区一所名不见经传的水师学堂，居然还办了校刊，我姑且翻了两眼，发现记录相当详尽。如此详尽反倒让它的存在合理化了，显然是袁世凯希望能在成型之前监控得到每一个预备点的角角落落而特意为之。

有校刊在手，什么都逃不掉了。打开校刊，很快就看到了水师学堂唯一的日籍教师的名字，当然，在我看到他的名字时，忽然也明白作为一个单独行动比较重要的人物，还被两个学生介绍过一次，却偏偏在《营造档》上没有记录下名字的原因了。他名叫"大友健助"，恐怕在学生介绍的时候，直接称他为"大友先生"而让档案太监们产生了是学生们友人的误解，结果一直只记录成为"日本国友"而非"大友"之类。

这真是一个令人啼笑皆非的误解，亦可看出档案太监们是有多么看不起两个学生和大友本人，抑或其他人，他们也并未看得起过。

这个水师学堂自然不可能像甲午前的京师水师学堂那样设立在皇家园林颐和园里，但是离圆明园不算太远，在海淀镇。说是水师学堂，比曾经在昆明湖里练海战还要像个玩笑，只是在万泉河边上就算是水师操练场了。不过，看课程倒是一目了然，根本没有任何水师操练，陆军的课程反倒占了大半。而大友健助教授的亦是对口——电学。

基本信息已经确认，接下来直捣黄龙，翻到光绪三十三年九月二十日看看会不会有什么发现，毫无发现也是一种确认。

然而，让我最失望的是，看到这一天的课表，刚好下午四点钟有一堂大友健助的电学课。下午四点，如果按照我对《营造档》重新的推断来计算，大友健助离开上下天光的时间最晚不会超过十五点五十分。而太监之二所记录大友健助离开是在第二句，之后还有洪广家马全安的对话，以及杨继在上层调试机器的声响，这样的内容。从而可以进一步推断大友健助离开时间至少不会晚于二十五分才是。半个多小时从圆明园回到海淀镇，并无大碍。

他的离开，只是为了衔接上自己的课程。课程成了他绝不可能停留在上下天光等到十五点五十分杀害学生的完美不在场证明。

失望之余，我只是惯性地又往后翻了几天，可没想到，正是这种无意的翻阅，竟让我眼前的火花再度燃起。这个学堂的校刊专门有一个学生写感想的栏目，多是学生发表一些学习观感以供交流。

在九月二十四日的校刊上，学生的感想是抱怨。

而抱怨的内容让我激动，学生抱怨道，原本就听不大明白的电学课，老师已经缺席三天了，同学们心急火燎，希望快些重新开课。

三天，不计算印刷报纸的二十四日，刚好就是从二十日开始缺席的。也就是说，方才我还认为是完美不在场证明，现在已经被学生们给揭穿。大友健助从上下天光离开后根本没有按照课程安排回学校去教课，而且接下来的几天，他也没再出现过，这样的行迹使他变得极为可疑。

至此，疑犯再多一人。而且如果从杨继的死状来看，是被电死的，教授电学的大友健助，显然又多一层嫌疑。

按捺不住发现的喜悦，我立刻把这些整理成为一封邮件发给了邵靖。发完以后，我才意识到这个发现有什么值得高兴的，不是排除掉一个嫌疑人,而且还又增加一个。不过,还没来得及让我多想,我已经收到邵靖的回信。从发送到回信,只隔了一分钟,这一次未免反应太过迅速了些吧。

我皱着眉打开了邮件,发现内容只是几个字:"大友健助?"

什么意思?他似乎是对这个名字十分在意?我猜不透这封邮件的用意,能做的只有等待。不过,这个等待时间并不算久,邵靖的邮件再次发来。

我立即点开来看。邮件没有正文,只有附件。这种形式早已习惯,点开附件来看即可。

附件只有一页,全日文内容,显然是明治时期的日语,而从文字形式来看,是电报文。

电报自然有时间、地点、收发件人信息。一目了然的事情,先从时间开始,是明治四十年十月二十六日。我对日本的纪年不算熟悉,换算一下才知道,那正是一九〇七年,而十月二十六日,便是光绪三十三年的九月二十日这一天了。

算明白日期,我不耐烦地用食指敲了敲桌子,有很多不安冒出,只好继续往下看。

发件方信息非常全,在大清国的京师北京,发件人名:大友健助。收件方是日本神户大友电气。看来这家伙在日本还有自己的产业。

看到这里我已经明白大友健助是我列出的所有嫌疑人中第一个拥有绝对不在场证明的人了。不过,我还是坚持把电报的内容看完。

明治时期的日语，汉字偏多，但语法与现代日语有不小的出入，读起来多少有点困难。但终究还是能读懂个大概。电报内容是大友健助打报告一样，发给收件人说：最后调试完成，保证杨、孟设备没有违反《万国电报公约》，请放心。

我不完全懂电报内容，但几个关键词更加清晰明确地让大友健助变得绝对清白。

如此明确地提到杨、孟设备，还说了是调试完成，可见是在二十日十五点调试之后再去发的电报。

大友健助的不在场推理就非常简单了。

首先他发的是国际电报，为了防止间谍和泄密行为，清廷要求国际电报必须本人发送不得代发，并经检查，电报内容方可发出。这一点已经证明大友健助必须亲自去电报局才可。其次，在北京虽然已经有不少电报分所，但可以发国际电报的，只有位于东单二条的北京电报中心局。接下来只要明确两个点就清楚地知道大友健助是不可能在上下天光等到十五点五十分之后再赶去。其一，是圆明园在北京城的西北郊区，比海淀镇还要靠北不少，距离东单二条至少有三十公里的路程。其二，北京城每日在日落时将会关闭城门，圆明园在城外，东单二条电报中心局在城内。中秋过后的北京，日落时间大概在下午五点半钟。从圆明园赶到最近的城门西直门，有二十公里的路途，即便搭了马车至少也需要一个小时的时间，而从西直门到东单二条，没法搭乘城外的马车，乘坐人力车全速奔跑，也要一个小时才能抵达。假设他作案之后从上下天光出发，也就是将近十六点的时间，一个小时抵达西直门，十七点钟。西直门尚未关闭城门，再用一个小时才能抵达东单二条。然而，在进入西直门之后半小时，太阳便落山了，一个小时，彻底黑下来，即便抵达电报中心局，那里也已经下班关门，不可能给他发出标注"明治四十年十月二十六日"的电报。因此，他离开上下天光的时间必须早于十六点至少半小时以上才能确保抵达电报中心局时可以发得了当天的电报。无论大友健助到底用了什么方式，他都必须在十五点之后出发，十七点半之前进入西直门并尽快抵达东单二条，不到两个半小时的时间，三十公里的路途，经不起一丁点的耽搁和停留。

很好，至少还是没有增加新的嫌疑人。

我这样劝说着自己，好让自己不会太过失落，突然就又收到一封新的邮件。

还是邵靖发来的？我猜不到是什么内容，只好点开来看。竟没有附录，只有一句话的正文：另外几个日本人，叫什么名字？

他察觉到了什么？并且是我未能察觉的？无法去揣测，只能把另外六个川崎造船所派来的技师名字和记录全都发给了邵靖。

等了大概一个小时的时间，邵靖的回信终于来了。

邮件依旧没有附件，正文一句话：藤枝新次郎，这个人有确凿的杀人动机。

我看着这句话愣了许久，却并没有再给邵靖回信。虽然这句话着实让我陷入沉思，但今晚我已经没有时间和他周旋。我打开了另外的文档，把杨继、孟指然设计的是电报改造的遥控装备，而铜箔应该是遥控装备的数据记录卡的推断做了详细的报告，发到了葵井小姐的邮箱。

"收到,谢谢。"

这是她第一次给我回信,连"明天见"这样的客套话也并未出现。

我忍不住再次悄悄看了看她的那个社交平台,最后一条仍是在成田机场的那条,并未更新。

仍是一如既往的冰冷。

秋日下午的清冷日光,映着不大的一片湖光和四周的荒芜。只有湖的北岸,一座崭新的二层楼阁,风风火火的样子和湖边全景格格不入。二层楼阁却不在意,它只是专注于湖中那艘与它相连的古怪的小型蒸汽轮。

小型蒸汽轮样子异于寻常,驾驶舱等一切甲板上的舱房全部卸掉,两个水面上半圆明轮变得更加明显突兀,像是判官高耸的肩膀,头顶还有一根粗大的烟囱,开始冒着滚滚黑烟。然而它不仅是这样的怪异,即便在岸边远观,也能看得到有一个三臂的庞然大物,正坐在船的中央,三根泛着金属光泽的机械摇臂在同一个锅炉气缸的蒸汽驱动下,看似笨拙地按照指令前后推着蒸汽轮的操纵杆。

船就在机械声和黑烟中,自行走动起来。在荒芜的圆明园后湖中,在格格不入的上下天光的注视下,终究算得上是一幅奇景了。

我清楚这只是想象,而且有太多不合理之处,甚至根本没有去顾及一直在船上的孟指然的作用。因此，这种不着边际的想象，只能让它们停留在脑子里了，不能让它们真的跳出来被别人发现。

然而，我这个不争气的脑子，就是停不下各种胡思乱想，因为此时，葵井小姐正全神贯注地看着我做的《营造档》机械元件采购记录总结表。被按日期和种类重新整理过的那些机械元件，就在此时拼了命地往我脑子里钻，吵着要组成新的机体。

"好聪明的设想。"不知葵井小姐看到哪个地方，忽然发自内心地感叹道。

虽然我很想把邵靖的原话"远在美国，特斯拉已经发明出更为简便直接的遥控船装置了"这个残酷的事实告诉她，但此时我已然被面前这位与上一周判若两人的甲方所吸引。她完全专注到我做的表格之中，有那种沉迷的表情，她时不时会在她的本子上记上一笔，就像是在给一百多年前学生们笨拙的遥控汽船设计批改疏漏准备答辩一样，这些几乎让我为其怦然心动。我注意到她与我见三次面了，换过不同的套装，但并没有换过鞋。旅途不易，行李能精简便精简了，为此发现，我竟是燃起了一丝愧意。

幸好，我还有基本的理智，在和上周同样的顶层咖啡馆，同样的座位，同样的远离窗边，我明确地知道这位甲方，对我是毫无期待的。

我礼貌地点点头，作为对葵井小姐方才的惊叹的回应。感觉就此已经完成了所有的工作，从我昨天发出邮件之后，已然没有了悬念。

所以，我打算把最后的完结符画上，开始把这场报告拉入正题，讲解铜箔和忽斯登收报机以及学生们所设计的电报遥控装备之间的关系。被改造的永和轮一直处在试验阶段，试验就需要有试验记录，又因为是行船试验，普通的电报纸条会有沾水损坏丢失宝贵试验记录的风险，所以他们选择了不怕水又容易打孔记录的铜箔。换言之，那卷铜箔就是……

我本来是在组织语言做最后的告别报告，思维突然定住。

之前怎么一直没有注意到这个关键点。既然是试验记录，而且从《营造档》可以看出，他们成功运转的试验至少有五六次，那么至少应该有五六卷铜箔，为什么偏偏是这一卷，或者更准确地说为什么偏偏是最后一卷留在了永和轮上。而且，把记忆回溯到第一次和邵靖见到葵井小姐时，所描述铜箔发现的位置，是在锅炉和炉壳之间的缝隙里发现。那种地方绝对不是随随便便掉进去的。换言之，不是掉进去，而是有意塞进去的。虽然这个结论早就有之，但一直没有像现在这样明确，明确它的特殊性。而这种特殊性又代表了什么？为什么孟指然在那么危机的时刻，率先做的不是逃命，而是将试验记录用的铜箔藏到那么隐蔽的地方？我忽然想看一下铜箔，不是铜箔的照片，而是它的全貌，或许只有看到上面所记录下来的全部信息，才有可能解开谜题。

原来葵井小姐的委托，和我所关注到的命案是如此息息相关。

"谢谢你。"

我一定是走神儿太严重，竟完全没有明白葵井小姐在谢我什么，只能不由自主地露出了尽显痴呆的疑惑表情回敬她的谢意。

葵井小姐似乎并不介意我这种反应，让我看到她最真诚的带着酒窝的甜甜的笑容，像是在安慰我一样，说："你做的工作非常专业，所以谢谢你。"

哦，原来是久等的完结告别。我没有说话。

"今天收获满满，"她把记了满满一个对页的笔记大大方方展示给我看，"所以非常期待你的进一步调查。"又是甜甜的全无往日冰冷的笑。

告别得有些漫长……等等！

"进一步调查？"我太过吃惊，直接把心里话问出了声。

"是呀，现在的报告还有很多只停留在推断上，不是吗？我们需要的是更确凿的文献证据。"说到专业话题，葵井小姐立刻严肃起来，方才那种只有孩子见到梦寐以求的玩具的那种痴迷感烟消云散。

我满脑子都是铜箔与炉壳的事，全然无法去准确理解她说的推断是哪些，证据又是哪些，只好点头回应，别无他法。

"那么，下周见。"

说完，葵井小姐和上周一样地率先站起来，拿着咖啡结账单，去了前台结账，离开了。

也许是错觉，她背影终究与上周有所不同。

回到家里，我平静些许时间后，才真正意识到自己所关注的这起一死一失踪的百年密室案件，即便查出了如此之多的新材料，通往真相的线索仍旧是一团乱麻，毫无起色。

杀人动机……重新回到杀人动机上。

大概因为上午与葵井小姐的谈话，我的思路忽然有所不同。之前言之凿凿的那些杀人动机，现在看起来也并不是那么无坚不摧。在推断出来时就感到些许异样感，现在变得更加明显清晰。

不过，在此之前，我还有更需要在意的事，就是邵靖发来的那封邮件的意思。我现在又有了整一周的时间，看来足够再任性地查些自己想要查的东西。毕竟葵井小姐还是不会对我有太高期待的。

藤枝新次郎有确凿的杀人动机……

邵靖的邮件里是这样说的，那么当务之急就是先查出藤枝新次郎到底是谁。显然邵靖是查出来了，但他偏偏跟我打哑谜，不肯直接告诉我。那么，这一次的游戏，我只有再次接招了。

藤枝新次郎并不难查，从《营造档》里即可知道他是由川崎造船所派来，协助清国人员现场组装永和轮的技师。因此，去找当年川崎造船所的相关文献，终究可以找到蛛丝马迹，顺藤摸瓜地把这个人查清。

这就是我最擅长的办法。

因为擅长，导致结果过于简单地摆在眼前，并过早地让我为之一惊了。

怪不得邵靖给出那样的判断，这个藤枝新次郎果然不是普通技师。只要把他的经历往前追溯半年，就能看出端倪。藤枝新次郎是在一九〇六年底入职川崎造船所，并担任造船执事的。此条看上并无特别之处。然而，如果连同藤枝的入职档案记录来看，就会发现异样。藤枝入职前的记录仅有服兵役期满一项。可以说他的履历是空白的,毫无出色之处。空白最容易被无视,隐藏到真假难辨的繁杂信息之中,一旦注意到,又是最明显的疑点所在。

藤枝在入职川崎造船所之前,没有任何留学经历,没有师承,也没有蒸汽机或者机械制造相关的工作经历,却能直接入职明治政府五大重工企业之一,而且还担任了相当高层的职位,仅此一点已看出端倪。如果再沿着这条线往下摸,就又能发现更有趣的"巧合"。原本发生在一九〇五年的在日中国留学生退学风波,并没有波及造船工厂里的学徒工式的留学生们,而且到了一九〇四年四月之后,中国留学生又陆陆续续回到日本,达到中国留日学生人数新高峰,但在川崎造船所里的十名留学生的境况却截然相反。这十名学生已经在川崎造船所的五大不同部门留学两年之久,即将进入第三年随即完成学业归国。然后,在藤枝入职之后不久,十名学生有两名从此消失不见,其余则全部退学。

两名消失的学生自然是因为某种原因被处理掉了,再看另外八名幸免的学生,这其中包括了杨继、孟指然两位在内。在一九〇七年初被川崎造船所强行扫地出门,在日本无处可去,他们在日本到底怎样生活,并不是我所关注的重点,而重新追溯那两名被处理掉的学生,就又能发现两个新的交叉点,这些点直到一九〇七年夏天的上下天光,就全都惊人地联系到了一起。

一九〇六年,对于日本海军来说,是个值得纪念的年份。在这一年,日本终于自主研发制造出第一艘潜水艇,完成这个里程碑式生产任务的正是川崎造船所。日本海军欢庆,藤枝入职川崎造船所,全部中国留学生被扫地出门,其中两名被处理,几件事的时间连贯得让人觉得从川崎造船所到明治政府都自大到根本不打算掩饰。不过，值得额外注意的是两名被处理掉的学生，并不是在潜水艇机体制造相关的组里，而是动力组。

动力组……我立刻查了川崎造船所在一九〇六年自主研发造出的潜水艇到底有什么特别之处，随即就查到了。是在潜水艇中利用了更高效的电池组，以保证节省潜水艇内部的机械空间，提高潜水艇的航行性能。也就是说，川崎造船所造出的潜水艇，在其他部分不外乎是拆了一九〇四年从欧洲购买来的现成潜水艇，然后照葫芦画瓢地弄出来，唯独电池，是自主研发的新技术，研发机构正是动力组。

一切都不言而喻了。动力组的两名中国留学生触及电池的制造机密，清除他们势在必行。单单只是清除掉两个学生，很难服众，所以干脆将另外八名也都统统赶走，倒也图个清净。就此思路，他们看到杨继、孟指然两名学生回国后，还在做蒸汽船研发，甚至还进了中国海军，终究是不放心的。天赐良机是刚好有永和轮赠送一事，更刚好两名学生还要利用永和轮，无论他们是要研发什么，有这样的借口，就可以再度派出那个处理掉动力组两名学生的藤枝，盯紧这两个新的眼中钉。

或许一开始藤枝并没有杀两人的必要，毕竟杀人永远是最下策，不在动力组的杨、孟两人并未触及核心技术，只要盯上一段时间不出异样，藤枝的任务应该就算完成。然而，永和轮在圆明园组装完成不到一个月，两个学生就做出了越过警戒线的事，主动向川崎造船所订购了一台蒸汽发电机。虽然不是电池订单，但已经极度趋近，超出藤枝按兵不动的阈值，必须尽快处理掉才行。

这正是邵靖所说的"确凿的杀人动机"了吧。

我把刚刚检索到的所有档案文献存到同一个文件夹中，便不再去看。因为所谓的杀人动机，藤枝确实是充分具备的，但进一步的结论我已得出，具有确凿无误的杀人动机的藤枝新次郎却绝不可能是上下天光一死一失踪案件的凶手。

确定这个结论，首先自然是因为描述命案全过程的《营造档》给予了藤枝新次郎绝对无法推翻的不在场证明。这个不在场证明，并不是像其余五个人那样，只是描述了他们在案发时不在二楼的错觉，而是在案发全日里，藤枝新次郎就没有出现过在上下天光附近，档案太监们目力所及的地方。在这一点上，幸好上一次摘抄《营造档》时特别留意了所有的日本人，所以可以很明确地肯定，藤枝不仅是光绪三十三年九月二十日这一天不在上下天光。在七月九日之后，无论是藤枝还是永和轮组装工程队的另外五名日本技工，都没再出现在《营造档》的记录中。如此长期缺席，难以想象会在两个月后突然出现，还能如此掩人耳目杀人于无形。如果真的能有这么大的本事，又为什么一定要做得这样明目张胆，更隐蔽岂不更好，而且还可以避免不必要的外交危机，特别是在湖对岸还有陆军部的高官观看。这样杀人的失败成本太高，同样让藤枝是凶手的推理变得更加不合理。

不仅只是依靠一些凭空推理，将藤枝彻底排除在凶手名单之外的。七月九日之后不再出现，这个日期本身已经提供了相当明确的调查线索。我为这起命案专门做了一个重要事件时间表，很容易发现七月九日的特别，因为在第二天就有一笔记录。方宗胜与两名归国学生第一次发生争执的日期是七月十日。

就此，很多隐在《营造档》记录之下的信息缓缓浮出水面。方宗胜在和两名学生争执什么，上次和邵靖讨论的结果是：学生们询问为什么订购的小型蒸汽发电机还有电力元件迟迟没有到货。结论不会有什么问题，然而那时并没有和邵靖深入讨论为什么偏偏是在订单之后不当不正二十天的时候爆发矛盾。而现在答案明确了，因为苦苦等待小型蒸汽发电机的学生们，忽然发现自己与母校最后的联系不见了，所有的不安、不满和焦虑全都立刻爆发，直接质问官职地位高于自我很多的管事人方宗胜的行为，就变得合理起来。假若两名学生还知道了藤枝一伙正是方宗胜一手给调走支开，那么在他们离开之后第二天就立即对峙，便更加符合一般人的行事逻辑了。

我自然需要找到更为确凿的证据来证明自己的猜测属实。随即，因为逻辑没有问题，检索证据变得轻松高效。

时间保守地定在七月九日之前十天的范围，着眼《总理练兵处档案》即可。它是除去《营造档》之外，收录练兵处绝大部分历史档案的文献集。这部档案现藏在故宫博物院的中国第一历史档案馆，想要看到原始文献相当困难，幸好该馆会定期发布档案整理成果，文献的文字内容都可以从成果丛编中看到。况且我也没有必须看原貌的必要，成果丛编还可以从数据库中下载，对我来说相当方便。

有的放矢地去检索一番，立即就找到了我想要的。

练兵处的电报档和公文档，全有痕迹。方宗胜直接给练兵处总理大臣庆亲王奕劻打了电报，希望能将川崎造船所优秀技师调到福州船政学堂，为学堂教学质量添砖加瓦，并在电报中用组装永和轮过程极力夸赞一番藤枝的造船才能。方宗胜的言辞显然打动了奕劻，奕劻立即回电表示应允，并为日本友人旅费拨款。再查练兵处公文，奕劻办事无误，全部符合电报所承诺。

由此可见，藤枝一行的离开，确实是方宗胜主动操作所为，而且相当急切，并送到了远在大陆南端的福州。其心护着学生们的安危，尽显其中。如此一来，一个多星期前我确定的方宗胜的杀人动机，那个因为学生们知道了太多他私吞公款的事情而灭口的动机，只能画上大大的叉子了。如果方宗胜真的想灭口，为什么不直接借藤枝之手，还落得干净，甚至有可能借题发挥咬上川崎造船所一口，捞上不少额外的油水。再进一步去思考他的所有行为，那台小型蒸汽发电机的订单，正是方宗胜为了保护学生才主动拦截下来，以防惊动到日本一方？恐怕只能这样解释。

方宗胜和两名学生的矛盾，三次争吵，全是源于保护他们的初衷，这一点一旦确认，这个人立刻变得无懈可击，找不到杀人的可能了。

我再度为了这个案子深深叹了口气，到头来竟因为一个具有确凿杀人动机的人，让一切又回到了原点，依旧是毫无进展。

确实是一无所获，毫无进展，甚至恐怕还会有所倒退。

因为不得不把方宗胜排除在外之后,也只好再重新审视了一遍另外三个人的杀人动机,是否真的合情合理。

动机这种事情,如果从一个人的过去无法进一步判断,那么还可以去看看事件之后有什么蛛丝马迹。

三个人里最容易查到的是马全安。他领头的建筑队,隶属于练兵处军政司建造股,所以只要练兵处要在什么地方驻扎,都少不了他带队去建营垒房舍,练兵处的档案里自然把他记录得明明白白。

事件发生之后的三个月里,马全安和他的建筑队是淡出练兵处档案记录的,显然是受到了一定的牵连,或者是有某种责罚。近三个月之后,马全安重出江湖,用了三天时间完成了河北一处军营建造。因为建造速度奇快,受到军政司正使的褒奖,赏了些银两,但未提抵消过失,等等。得了银两的马全安过上什么样的生活不得而知,但因为有了余钱便不工作,恐怕是这个人的习性。二十三天之后,他才再次接了新的军营建造工程。这一次的军营规模和上次基本相同,但他却用了十天时间才造完成。我不知道到底具体应该怎么计算军营建造速度,不过终究觉得十天未免太长,恐怕是军方忍受的极限。这种反差所表现出来的,更是事件后第一次接任务时,马全安将功赎过的急切之心。得了奖励,没了责骂,立即让他放松下来,重归本性。这已经是光绪三十四年(1908)正月的事,一般来说没有谁会在正月里干活,马全安为了过好新年才在腊月底接活。然后还没出了正月,又看到马全安的工程记录。军营地点在张家口外,河北和山西交界,离北京有段距离，算得上是一份苦差事。按照之前记录所推测的马全安的性格，他不会去接，但接了恐怕是出于某种原因。到底为了什么，在没有足够信息根据的情况下，不可能去胡乱猜测，然而从结果上看，马全安在工程的全程都没有过好情绪，酗酒、斗殴、滋事、伤人，成了这一次正月工程的全部。工程到了第七天，马全安因为酒后滋事，把三个陆军监工打了，并且其中一人被打成重伤，情节恶劣，立即被关押审判，最终发配充军，再无后续音信。

马全安可以说是性格决定命运的典型，只从档案记录已经可以窥见这个人性情暴躁，酗酒无度，易怒易动手。仅仅上下天光事件后三个多月时间，他已经将自己推向了命运的不归路。

我并不在意这个人最终到底会是怎样的结局，只是在后三个月的记录中发现了我想要的信息，即：马全安性情暴躁，又一次对工程当事人大打出手。而这条信息更深一层的含义就是，虽然马全安性情如此暴躁，极易动手打人，但即便他喝到头脑不清醒，一口气打了三个军队中人，也还是没有真的杀过人，只是把人打到重伤，出口恶气而已。打了陆军监工，必然不会有好结果，如果马全安是一个惯用头脑的人，必然会想办法杀人灭口，一逃了之，何必留下把柄，坑害了自己。那么回到上下天光事件上来看，马全安和两名学生发生过多次冲突，甚至还出手打过孟指然，反倒可以证明他已经出了恶气。杀人？变得没有必要，只要心情不爽，暴打这两个手无缚鸡之力的学生即可，完全没有杀掉他们的必要，特别还是在众目睽睽之下。

之前构想的马全安的杀人动机，不再成立……

马全安之后，容易检索的便是洪广家。

同样隶属于练兵处的洪广家，其行迹自然跑不掉档案的记录，但没有直接参与工程，不可能在工程记录中找到，直接可以找到的是他的结局。在上下天光事件之后半年，也就是光绪三十四年（1908）三月底，川崎造船所赠小型蒸汽轮船获名"永和轮"的前夕，练兵处被私下清洗了一轮。这次清洗被记录在了档案之中就可知并非秘密进行，只是没有惊动到慈禧老佛爷和光绪皇帝就是了。清洗的对象是练兵处各科各股下面众多私吞公款贪污腐败的个人或者团体。清洗名单中，自然少不了算房的洪广家。这个人从重建上下天光一个工程就已经看出本性，并且似乎没有什么隐藏罪行的能力和意识，被清洗掉不足为奇。

洪广家是否是清洗背后派系斗争的炮灰，之后又有怎样的步入灭亡的人生，我同样毫不在意，只是在档案记录中看到了令我不知该如何面对的信息。被清洗的每一个人，记录里都有他全部的罪行证据，洪广家亦不例外，密密麻麻足记了十三条之多，重建上下天光工程在第十二条。

确凿证据证明，这家伙就是一个惯犯。

惯犯……那样的话，起初我所认定洪广家的杀人动机也不成立了。对于一个惯犯来说，掩人耳目才是最重要的，毕竟已经累积了那么多不可告人的秘密，宁愿放弃眼前的利益，也不能毁了自己，才是一个惯犯正常的逻辑。如果拦不住知道秘密的人，花钱收买会是最行之有效的手段，用钱封口远比用刀子封口更保险。

杀人，即便是为了灭口的目的杀人，一旦有人死了，就会引来调查，有人调查，必然与掩人耳目背道而驰，就算选下下策也不会选到杀人绝了自己的后路上去。

继马全安之后，洪广家也被划掉。

接下来只剩下重建上下天光的主角张永利。但自从看了张阔深的文章之后，我已经基本把张永利排除在杀人凶手嫌疑人名单之外。把重建上下天光工程视为一切的张永利，怎么可能在比自己命都重要的上下天光里制造无法收场的事件。和洪广家杜绝死人一样，张永利同样绝对不会允许有人死在未完成重建的上下天光里。无论他对两名学生有多看不惯，甚至愤怒，这种分寸他终究应该有，不然他也不可能在陆军部高官来观看电报遥控蒸汽轮表演的时候，还能沉得住气关在西次间绘制墨线底样。

全部有嫌疑全部没有不在场证明，变成了全部排除。从结果上看，依旧是毫无进展。

大概这个案子，仅凭现存文献确实是破不了的。多少是沮丧甚至自我怀疑的，我最后把处处为两名学生着想的方宗胜的人生查了一下。仿佛是上下天光的诅咒，和其他两人完全一致，半年后，方宗胜的人生也发生了巨大变动。他离开了练兵处，不仅是离开，连他的官职军令司总监督也随着他的离去而在练兵处消失了。

其实一切巧合都有其必然之处，没有什么玄而又玄的宿命、诅咒可言。在查阅洪广家的时候，已经看得出来在一九〇八年初，练兵处有过一次借清理腐败之由攻击敌对派系的行动。高到方宗胜的位置，一旦被卷入同样在劫难逃。不过，相比洪广家，方宗胜干净得令人惊叹。在革职文书上写到的主要原因，只是指出"军令司总监督"这一职位，在最初的《总理练兵事务大臣奕劻等奏报练兵处办事简要章程折》中根本没有提及规划，实属结构冗余之职，应予以撤销。撤销职位，职位上的人自然是骑虎难下，方宗胜不傻，知道己方派系大势已去，从而选择了归隐再不入政界的一步安全棋。也就是说，在得到革职消息时，方宗胜并未做出任何反抗，默默接受了失败一方的结局。但这只是他个人的选择，他的同僚并不甘心。同僚发了多份电报到奕劻和袁世凯手中，讲述方宗胜是对陆军如何忠心耿耿，又是对军队操练和建设耗尽了心思，还描述了多件方宗胜是如何铁面无私疾恶如仇，特别是对公款私用这种下三烂事件，如何不惜余力予以打击的事情。电报中的方宗胜，已然被描述成了一位眼里揉不得一粒沙子的军营圣人。

到底有多少是真，不得而知，但终究不会偏离太多，因为虽然一九〇八年让方宗胜人生跌入谷底，但谁料得到没过几年，清朝就亡了，民国开始，练兵处失败方再度活跃夺回失地，这其中愿意追随方宗胜的大有人在，由此不难看出他的人品算得上服人了。而且，我一下想起了在刚刚接触上下天光的命案时，邵靖发给过我一张方宗胜策马扬鞭的照片，军装属于民国北伐战争时期，并且没有辫子，他那份意气风发的眼神，足可以看出进入民国后，他的人生获得重生，甚至变得更加风光的事实。

人生如戏，世事难料，谁能知道跌入谷底，到底还能不能东山再起。

当然,能不能翻盘也有一个先决条件,那就是一定要活着。这样想着,我忽然意识到,应该查查看事件发生时被翻入后湖中的孟指然还能有怎样的后续人生。只可惜,事与愿违,时间上最后一次见到孟指然这个名字,只有光绪三十三年(1907)九月二十日《营造档》的最后一页记录。从此之后,杳无音信。这样看来,孟指然恐怕未能躲过这一劫,还是丢了性命。

毫无收获,已经不会再让我感到沮丧,关于这起命案,几次以为初见曙光,却又回归原点之后,我再看《营造档》的案发记录,已然没了知觉。它们重新变回冷冰冰的文字,再不带有任何视觉上的意义。

冷冰冰的文字……

忽然间,好像什么东西因为这六个字在我脑中一晃而过。

不容放过,我立刻把《营造档》最后一页的记录打开,用全新的方式去重新阅读"十五点钟"四条。

根本不必再像以往那样反复阅读,一旦想通,一切都变得显而易见。在《营造档》最后一页上,灵光乍现的想法果然被应验,原来"十五点钟"的短短四条已经把谁是凶手记录下来,写得清清楚楚,只是我被自己对文献的惯性思维所蒙蔽,才会一直对记录凶手的文字视而不见。实际上,就在我说《营造档》是监控录像一样的记录的时候,本是指尖已经触碰到了真相,可是我走向了另外的方向。

不过,这么久的工作并非白费,想要揭开真相,杀人动机、现场调查锁定凶手、人证物证，三者缺一不可。

半个多月来，四个嫌疑人的杀人动机分析透彻。重新审视现场记录令我认定的凶手，他的杀人动机确实充分，现在只差现场物证，最终将他敲定了。

而这个现场物证，同样近在眼前。

从《营造档》的描述中可以确认杨继是被电死的。电死，在现在看来不是什么特殊的死法，稀松平常，但如果放到一九〇七年的北京，则是大不相同了。

关于电，首先需要确认的是接到圆明园里的电线，到底传送的是什么电。交流电还是直流电？高压电还是低压电？这些在现如今都是不需要思考就能作答的问题，在一百多年前便成了问题。幸好文献的力量是足够的，不难查出在一九〇七年的北京，尚未供交流电，城市用电皆以直流为准。直流电的优势和劣势全在电压低或者说是无法大幅度提高电压上，低压电耗能却安全，然而所谓的安全也只是相对，是比较于高压电触电一瞬间的生还可能，但如果长时间暴露在电流之下，还是会致命身亡。由于电流长时间透过皮肤和内脏造成伤害，恐怕致死之时，要比高压电更加痛苦惨烈。这一点从杨继尸体上的明显的树状烧痕已看得出来。

低压直流电到底多长时间能使人致死，是因人而异的，但四五分钟的煎熬时间，烧出了烤肉的味道，是至少的结果。也就是说，在杨继被电致死的过程中，他至少拥有了四五分钟的时间。四五分钟里还能做些什么？最后一次用电报摇了后湖上的永和轮，让它如《营造档》描述的一样疯狂怪异地行驶，最终翻入湖中。

杨继一定是忍受了巨大的痛苦，才完成了如此长时间的操作，最终放下心死去。令人万分钦佩的意志力。如果一个人已经清楚地知道自己将要死去，却还要忍受如此巨大的痛苦，完成一系列难以理解的操作，其目的便仅剩下一个，那就是必须在死前告知他人杀死自己的凶手是谁。

留下死亡遗言，一切全都说得通了。

原来又绕回到最初始的葵井小姐的委托上，那卷铜箔从一开始就已经被认定是用于电报信号的操作数据记录，既然可以记录复杂的操作数据，那么一段死亡遗言自然可以录入其中。

可惜不必再打开葵井小姐的委托合同上所附带的铜箔照片，我也能记得起照片上面的简单信息，三行孔洞，应该正是分别记录三台发报机信号。六列顶多只能涵盖两个字的信息，显然只是全部信息的极少的片段。

被我一直忽视甚至想要绕开的正式委托，却成了拼图所缺的最后一角。

为了解开谜团，并且完成该做的工作，看来是时候主动联系葵井小姐了。

在合同约定之外的时间见面，没想到葵井小姐并没有拒绝。本打算找一个其他地方约见，但对于这种会谈地点我是一窍不通，最终只好还是选择了那间顶层咖啡馆。

我先到，知道葵井小姐有恐高症，所以依旧选择了远离窗边的座位等待。实话说，我不清楚葵井小姐是怎么理解我的主动邀约,作为乙方本不应该在合同规定之外的时间私下约见甲方的,特别当甲方还是一板一眼的日本人的时候。不过,看到走进来的葵井小姐时,我多少放下些心来。

这是我第一次见穿便装的葵井小姐,去掉了几分刻意的精致,多了些许随意,甚至连她的表情都显得轻松。我开始后悔定在这个充满工作气氛的顶层咖啡馆。

幸好我认定葵井小姐是不对我有任何期待的,这种心态下,做什么事情都会放松许多。葵井小姐刚刚坐下,似乎正想问我是否要和之前一样的咖啡,她来点单,就被我开门见山地提出需要亲自去一趟神户给打断了。

只是突然静默片刻,方才所有的轻松全被她收起,除了一身便装以外,她完全恢复了以往的样子,随后一本正经地说,去神户的事情,会向上级申请。

日本人做事就是死板,不懂变通。

"差旅费无所谓的,没有必要去申请。我只是来和你说一声,万一几天时间还没查到结果,恐怕会耽误下一报告,所以提前来请一个假。"

她没有正面回应,只是不置可否地"哦"了一声。

我猜不透她在想什么,或许在心里抱怨直接邮件说一下就可以的事,完全没必要面谈。然而,如果用邮件来说,想必会在费用上反反复复沟通,不如见面让她明白我不在乎那点差旅费报销。

忽然想起她前两天终于在那个社交平台上更新了一条动

态，没有照片也没有太多言语，只是用日语说了一句"好累"。按合同来说，她在北京的工作只是每个星期听我做一次报告，然而她说累，必然是有其他的工作要做。再看现在的葵井小姐，戴回那副工作面孔之后，更看得出掩饰不住的疲惫。我很想说，不必时时刻刻紧绷，抽空可以带她转转北京，比如颐和园、圆明园，可惜早就错过了可以说出口的时机，只能静等她的回答。

"可以，"葵井小姐终于说话了，"但我还是需要向上级申请。"

"为什么？"

"做你暂时回神户的申请。时间和机票由我来确定，我回去的原因你应该能明白，很多手续只有我亲自去办，才能效率最高化。毕竟博物馆也不希望把调查周期拖得太长。"她不容我提出异议，一股脑把结果连同用来说服我的原因全都说了出来，不带一丝感情。

事已至此，我只能用"可以"两个字来结束我和她私下会面。

日本我倒是来过不少次，但神户是第一次。

虽然神户地处关西，在想象中却总觉得和横滨相似，都是明治维新之前第一批开埠的港口城市，后来都成了明治政府军事、工业、贸易重镇。

从关西国际机场到神户市，选择坐高速船，是葵井小姐推荐的。仅用三十分钟便可抵达神户港，价钱还要比机场新干线便宜不少，出门在外果然还是需要本地人的指点。想到这里，更觉得我是一个太不尽职的北京人了。

住处葵井小姐早已为我安排好，她特意将我送至酒店，没有过多嘱咐便离开了。离开前约定好了第二天一早去神户海洋博物馆的时间和碰面的具体地址。

疲惫地坐到酒店房间里，我终于还是打开了电脑，连上网络给邵靖发了一封邮件，告知他我自作主张地到了神户。

结果，他竟迅速回了邮件，邮件内容只有两个字"好的"和一个句号。

对活人的事情，还真是一如既往的冷漠。

十月份的神户多少有一些寒意了，特别是清晨的海边，淡黄色的太阳，只能给成群的海鸥翅膀镶上一抹金边，其余起不到任何的作用。海风把我吹得瑟瑟发抖，一直等到葵井小姐为我买了博物馆全价门票，才终于能躲进室内，渐渐暖和起来。

葵井小姐在前面带路，穿过历史船舶展区，直奔川崎世界。

工作日早晨的博物馆，参观者极少，零零星星的多是些慕名而来的游客，相比较之下，忙碌的博物馆工作人员更加显眼。葵井小姐不愧是博物馆系统的精英，每个看见她的工作人员，对她都是毕恭毕敬，问一声早安，即使对我多有好奇，也不敢多嘴询问。

还没到川崎世界，已经看到了"明治·川崎"的特展海报。比起第一次见到葵井小姐，又过了半个多月的时间，这个特展几近尾声，没想到我竟有幸看到。

和其他展区的布展方式不大相同的是，本特展不按历史年代线，而是按川崎造船所在明治时期所涉及的领域分区展出。在一进门的位置,有总览说明,整个展区分成了区域最大的造船以及铁路、电气、冶炼、军工等另外四个区域。

在我研究特展的总览说明时,葵井小姐已经进去,找了负责人说了两句话。

可是当她回来时,我还是一眼看出她遇到了什么困难。是否应该主动询问一下?我掂量着说出话的分寸,又错过了率先开口的时机。

"撤展了。"

"撤展?"我无法理解这两个字的意思,显然特展还在进行,何来撤展。

"没错,"葵井小姐无视疑问的真正意思,"有一部分展品是私人供展,他们有权随时撤展。"

"所以现在那卷铜箔已经不在这里?"

"是的。"

"看不到原物,只有那张照片了?"

"是的。"

"可是你们的委托合同是调查那卷铜箔,忽然撤展说不过去吧。"我只是在做最后的挣扎。

"可以中止合同,我们会给您约定的违约金。"葵井小姐表情严肃。

我不禁咋舌,考虑过再多变数,还是没想到自认为的最后一步竟是在这里变得曲折。然而,我也不想轻易退让,就像从一开始希望调查铜箔的人不是神户海洋博物馆,而是我这个被委托去调查的人。

气氛变得僵持……

"算了，你等一下。"葵井小姐公事公办的表情忽然消失，一时间让我以为又回到两天前那个身穿便装赴约的她了，只是和"轻松"二字完全无缘。

说完之后，她又回到展区，和一位工作人员说了两声，那人就进了旁边的办公室。等了一分钟左右，一位头发花白、穿着西服、不苟言笑的男人出来，皱着眉头和葵井小姐交谈起来。言语过程中，花白头发男人还会偶尔向我这边看上一眼，显然是葵井小姐在讲她经手的这份调查合同。

看来他们一时半会儿结束不了，我又不想一直傻站在原地，被陌生人随便斜眼观察，干脆趁这个空当时间，把难得的特展浏览一番。

仅是出于躲避尴尬的行为，竟有了小小的发现。

我确实是有意去电气展区寻找，没想到的是真的能找到。明治三十九年（1906）开始，川崎造船所涉足铁路机车领域。机车以蒸汽机火车为主，但也包括了城市轨道交通中的新宠：有轨电车，从而派生出了众多电气子公司为川崎造船所的有轨电车业务提供足够的技术和原配件支持。展区的电气历史部分，有一张相当庞大的树状谱系图，清晰地把一年内川崎造船所派生出来的所有电气公司全部列了出来，还有子公司的子公司，树状枝叶非常繁密。

我便是在这种错综复杂的谱系中，找到了小小的极不起眼的一列，上面写着：大友电气。

就在我认真分辨这些细小的日文时，忽然有人戳了我后背一下，随即手中拿到一张纸条，宛如间谍交换情报。既然如此，我也把间谍角色扮演得更逼真一些，没有回头，默默把背着的手伸到眼前，借着电气公司谱系图的展示灯光看纸条上的内容。

是一条地址，在北海道函馆市……

"你自己去。"显然葵井小姐根本没打算角色扮演，一如平常地与我说着流利的中文。

我当然知道她交给我的这个地址是什么意思，终于说服上层领导告知了供展人的地址。函馆，竟然这么遥远的地方。

"我会提前联系对方，对方同不同意让你看展品，我强求不得。"

"懂的。"

北海道、函馆……我无心去考虑那么多人际事务，只是反复揣摩着地址的意义。

此时，我已经穿过青函海底隧道，抵达了北海道函馆。

越是接近尾声，越是要迎来一次漫长的旅途，看来世间万物皆不过如此。

抵达 JR 函馆站已经是晚间八点钟，狭长的市区街道左右两侧都是大海的景观，这大概只有函馆才有。著名的函馆海鲜早市当然是大门紧闭，沉睡过去一般。即使有新干线，从神户一路周转到东京，再从东京到函馆，也是要耗费一整天的时间。

到了那一刻，我只想拖着疲惫的身体，迅速进旅馆大睡一觉。然而，真的到了旅馆，我还是忍不住打开电脑，把想了一路的事情全部查了一下。

大友电气，成立于明治三十七年（1904），创建者不是《营造档》中记录过的那位大友健助，而是一位名叫大友幸耶的女性。即使是二十世纪初第一次女权运动时期，一位女性建立一座电气工厂，依然是相当了不起的壮举了。

有了姓名，想要摸清她的底细就不会太难，能在二十世纪初出人头地的女性，找起来就更容易了。一八九六年去美国留学，深造整整四年时间，一九〇〇年回到日本。回国之后并没有什么大展宏图的动作，而是把弟弟也送去美国留学。她的弟弟，正是后来与永和轮息息相关的大友健助。大友健助同样留学四年归国，归国后姐弟俩立即建起大友电气，在电力即将成为世界的主宰之前，抓住了时代的命脉。

可惜的是，仅凭知识和大脑，没有雄厚的资金支持，几乎是不可能获得成功的。这是在资本时代开始以后，永不会变的规律了。虽然大友电气在姐弟两人共同努力下，申请到不下二十个电器方面专利，甚至还超越时代地大力推广交流电的应用，但只是艰难维持了两年，最终还是向资本屈服，成为了川崎造船所的子公司，用自己的专长为他们卖命地制造有轨电车的电机线圈。在此期间，弟弟大友健助便被派遣到了中国。

文献永远只是冷冰冰的文字，并不会记载大友电气到底经历过什么艰辛，我也不愿意去过度想象，只看结果便可。而结果本身，同样让人感到惋惜，即便是沦为大财团的子公司，依然仅仅坚持了两年时间，明治四十一年（1906）初大友电气因经营不善，被川崎造船所除名。直至大友电气宣告倒闭，弟弟大友健助都没有再回过日本，而姐姐大友幸耶就此离开了神户。

大概这就是结局，我不禁再次唏嘘。这份唏嘘倒不全是为了这对姐弟命运，而是为整个时代。原来无论怎么随便翻阅文献，在时代的进程中随处可见的是没有差别的人才浪费。

人类文明史只是一部浪费史而已。

我没有时间和精力为这种历史常态惋惜，查明白自己想知道的信息，立刻合上了电脑，倒头便睡。

"北京见，希望到时候你能给我一个满意的终结报告。"在从神户离开前，获知铜箔供展人同意我去拜访的请求，葵井小姐一脸严肃地用这句话与我告别。

她还要回北京？

管不了那么多，我已经抵达地址所在地，本次漫长旅途的最后一站。门上写着家主人的姓氏：葛西。

葛西算是北海道地区的大姓，仅从名字看不出什么特别。宅院的话，是铁艺围栏围的一块花园和后面一栋西洋式楼房。因为已经深秋，寒冷的北海道气温接近十摄氏度，花园里只有松柏尚是绿色，其余全部枯萎等待严寒。从围栏外看，葛西家的洋楼，两层、坡顶，一层是落地窗，大门左右各两扇，二层一共有六扇窗朝向庭院，可以看出房间众多，相当气派，是有一定社会地位的家族，并且不是日本常见的日式宅院。只是北海道函馆本身就是偏僻蛮夷之地，这宅子又不在函馆的市区内……

我一边想着自己将要踏入怎样的宅院，一边按响了葛西家的门铃。

因为铁艺围栏挡不住视线，门铃响了之后，很快就能在院子外面看到洋楼的大门打开，一位头发花白穿着考究西装的男人走了出来。

管家极为礼貌地打开铁艺大门，与我核实了预约信息，请我进了宅院。

洋楼的会客厅就在进大门的左手边房间。会客厅里并无出奇之处：实木桌椅、真皮沙发、落地窗、书柜、陈列架、软绵绵的地毯、有一定威严的野兽头骨挂件。管家请我稍等片刻，他去请宅子的主人过来，毕恭毕敬地离开了会客厅。

房间里暂时没人，给了我观察的机会。

只是会客厅里摆设不多，只能从陈列架和书柜上寻找。陈列架上除去摆了每一个望族都会有的各式不相干的业余体育比赛奖杯之外，便是相纸都泛黄了的照片。照片多数是双人的合影，合影中我认不出任何人，当然更不可能有图示，只能猜测是葛西家族历代与社会名流的交情展示。又因为年代久远，仅凭背景建筑，有洋楼、有大厦、有工厂厂房、有轨道交通的铁轨和电线，很难判断得出合影的地点。再看书柜，更让我有些吃惊。一般来说，大户人家会客厅里的书，都是摆出来做个样子而已，耳熟能详的哲学家的大部头著作是为首选，这样既能以量取胜填满书柜不必丢脸，又能在人前表现出有学问的虚荣假象。而在这里，书柜的藏书，杂乱得让我根本摸不到头脑，似乎就是主人日常会看的一部分书。再看桌子上高高摞起的，则是一部部厚实的法律书籍。甚至不只是当代的法律，竟还有几本是大正时期的法律文献以及当代讲解。

"先生很喜欢看书。"会客厅的门再度打开，被称为葛西家长的人，用日语说道。

我有些狼狈，连忙转身笑脸相迎。葛西家长，原来是一位看上去就年过七旬的老妇人。

葛西家长没有让气氛变得更尴尬，主动请我坐下，直奔主题。因为是由葵井小姐提前帮忙预约，所以她是知道我前来拜访的目的。开门见山，先从那卷铜箔是如何到了葛西家族手中说起。

葛西家长恐怕是顾虑到我会听不太懂，讲述时尽量用了最简单的日语，语速很慢，相当体贴。而讲述的内容，确实为我把永和轮最后一块缺失碎片填补完成了。

一九四〇年打捞永和轮发现铜箔的，并非葛西家的人，而是一名驻在当时北平的打捞工。因为铜箔夹在锅炉和炉壳之间的缝隙里，显然不是随便能发现的位置，从而可以推断出，这名打捞工是打算拆卸锅炉外壁，拿去卖铁赚外快时无意间发现的。这个推断从战后他侥幸回到日本，打算把铜箔当作金箔卖掉的一系列行为，亦可看出，他是一个渴望淘金赚钱的家伙。不过，幸好是这样的家伙，让葛西家族看到了铜箔，并主动去收购了。

"是高价收购的？"我追问了一个问题。

葛西家长给了我正面确认的答复，那是她母亲作出的决定。

用精准计时器掐准了时间一样，那位管家敲了三下门，在葛西家长允许下，推门进来了。敲门的声音和节奏，堪称专业。

管家手里拿着一本文件夹，先交给了家长过目，家长翻开看了看，点头后，再交给了我。

我把文件夹翻开的同时，葛西家长解释情况一样地说："实在抱歉，只能给先生这份急忙拍下的照片资料，原物我们已经收藏回去了。"

急忙拍下？这样的说辞就像刚才管家现去拍照洗出来放进文件夹里一样。

文件夹中有十四张照片，分为A、B两组各五张，拍了铜箔完全展开后正反两面的样子，其余四张则是卷起的铜箔上下前后四面的照片。铜箔的外观已无所谓，我仔细对照了一下A、B两组照片，刚好都能衔接得上，便知道此次函馆之行，或者说日本之行已经结束。

合上文件夹，葛西家长微笑着又和我寒暄几句，我便相当识趣地主动提出离去。葛西家长自然不会挽留，她巴不得我赶紧走，以免出现硬要看铜箔原物的尴尬场面。就算她是一位精于世故的老婆婆，我还是一眼能看透她的这一点心思。

回程的路同样艰辛，函馆没有直达北京的飞机。我有两个选择，要么坐新干线去札幌的新千岁机场，搭乘直达飞机回北京，要么直接坐飞机到东京，再从东京回北京。想到北海道通新干线还没多久，再加上越往北去天气越恶劣，让人放心不下，我还是选择了更稳妥的东京转机方案。这个方案，我想十个人里有九个会选。

而真正奔波回到北京，到了家，却又失去真实感，如同根本没有离开过家一样，尽管行李中多了那份文件夹，时刻提醒着我劳累的原因。

我把行李丢到一边，已然是迫不及待想自己研读一下文件夹里的照片。

杨继、孟指然所设计的遥控装置结构基本已经确定，三根操纵杆分别控制前后、左右和给汽，那么只要有一个孔，就说明在操作台上按动过一下电报。虽然并不清楚孔洞和操作种类的对应关系，但三对三的排列组合毕竟不多，而且最后的结局是已知的，永和轮撞向后湖西岸前沉没。

我不善于用电脑模拟，只好用最笨的方式，在纸上一列一列逐帧来还原永和轮翻入湖底的轨迹。

说来有趣，当我第一次见到这卷铜箔的展品照片时，竟真的一时间以为它不外乎是一个八音盒之类的东西。逻辑告诉我那是不可能的，一艘小型蒸汽轮不可能会浪费宝贵的空间给毫无用处的设备。然而，在没有推断出学生们造出一套电报遥控系统之前，根本无从想象其作用。

行船记录仪，有意义且合乎一切逻辑以及文献记载表现的推断。一百多年前条件有限的情况下，最聪明的做法。仅此一点，我会为其称赞。而此时的我，接下来需要做的，并非赞叹，而是把杂乱的拼图拼好，还以原貌，破解其中所带有的更深一层信息。

这样的工作，繁重而又让我情绪亢奋，毕竟距离真相仅有一步之遥。

破解这部百年前的行船记录仪，耗费的精力和时间比想象要大。尽管有急转右行的结尾让筛选的组合大幅度减少，但只是这样一个动作的分析，我还是消耗掉了十几张草稿纸，对照着照片上的孔洞组合，画了杂乱无章上百条线，才终于确定。

我把草稿纸整理好叠到一边，将确定的对应组合重新确认。第一行给汽，第二行前后，第三行左右，最后五列在我的纸上完美复现了永和轮最后的华丽急转沉没的过程。

确认了对应关系，另一项繁重的工作接踵而来：从第一个孔洞开始，完全还原当时永和轮的全部行船轨迹，在被邀请而来的陆军部尚书面前失败表演的全过程。

给汽启动，前行，突然左转，左转后立即再给汽加速。在飞驰出两列的距离，猛然右转，继续前行。此时在前行的过程中，于湖面上画出了锯齿形状，已经尽显不正常信息。锯齿路径仅保持了不到十秒钟，又恢复了前进给汽的状态。大概这算是永和轮最为平静的过程，汽没有再给，在铜箔一片空白的几列中都能感受到永和轮短暂的平静。按照永和轮的蒸汽机功率和给汽时长计算，刚好是它在水面阻力的作用下，停下来的时候，忽然又有了动作，是后退。后退的功率自然没有前进高，但持续的时间可以看出，这次倒退的操作，让轮船又回到了最开始表演的起始点。回到起始点并不意味着结束，仍旧是倒船状态下，永和轮再次做出左转接右转的难度动作。宛如体操比赛都有规定动作一样，在永和轮表演完九成内容的时候，出现了《营造档》所记录下来的最后时刻。给汽，前冲，急行右转，铜箔孔洞就此完结。

从起始到结束，没有不连贯和异样动作，从另一个侧面说明我所作的组合推断没有错了。

这个铜箔包含着在上下天光上层的杨继受到生命威胁时留下的死亡遗言。死亡遗言必然直指谁是凶手，这个凶手我已经推断出来，只差物证将其定罪。

不计其数地重新阅读铜箔上的孔洞，这一次我只需要去猜想破解密码的钥匙。

遥控装置用的是三台莫尔斯发报机，发出去的信号自然就是莫尔斯电码。把孔洞和间隔空隙翻译成莫尔斯电码，并不困难。三行很快就都用点点划划的形式复原到纸上，之后就是将莫尔斯电码转码成文字了。

我稍微停顿了片刻，这里还有一个微小的困难需要理清。在清末几十年里，电报技术引进后出现过种类繁多的电码本。如果找不对电码本，转码出来的必然就是一份天书。但值得庆幸的是，案件发生在一九〇七年的北京，此时清廷将电报国有化基本完成，电码本在一九〇六年已被强制统一化，刚好是统一化的第二年，电码本繁多的困难不再存在。然而，我还是想到了另一个问题，杨继和孟指然在一九〇六年之前就去了日本留学，刚刚回国不到半年时间，他们真的能熟练掌握新的电码本吗？有此疑问出现，我决定再加一个日本明治三十年之后的电码本作为备选。

两份电码本都不难找，下载到影印的电子文档后，我开始翻阅解码。

对照中文电码本，没有解码出十个字，我就已经放弃，可以说完全是毫无意义的文字乱码。无需继续下去，直接转战日文电码本。

然而，大出所料的是，日文转码竟也是乱码。

大概是我的日文水平太差，所以拼写上有什么出入？我这样判断着，重新更加认真地解了一次码。或多或少是查出一两处模棱两可的错误，但无济于事，出来的文字依然是乱码……

是我把问题预设得太简单？我立即又去找来了多份中日两种语言在当时算是流行的非官方电码本，但结果依旧。所以，是我一开始就判断错了？这卷铜箔根本就没有死亡遗言？重新审视之前的推理，如果没有死亡遗言，是根本不需要忍受长时间电击的痛苦，让永和轮在后湖里那么怪异地前后左右飞驰一通才沉没。

所以，问题出在哪里？出在……出在解码的方法上？

莫尔斯电码、永和轮、死亡遗言……需要用这种艰难的方式传递给在船上的孟指然。杨继一定认为孟指然同样未必能活，因此他要传递给孟指然的不仅是凶手为谁的信息，更是要让他清楚地明白无论他将要发生什么意外，一定要把记录下凶手信息的铜箔藏好，以待有人发现。

异常，只有异常才可能让身处永和轮在众目睽睽之下的孟指然警觉并理解自己的意图。

忽然间，我明白了自己反反复复阅读《营造档》还是漏掉的一整块重要线索描述。既然是忽视掉的内容，别无他法，只能第二天再去清华大学，把它抄录下来。只要关于《营造档》，不可能立刻就去检索，只能等待。如果是以往，我恐怕已经等得心里发毛，而此时，我发现自己的性子竟被磨得缓和不少。

平和恬静的我，现在只想好好休息，把奔波的疲惫用睡眠补回来。但我在睡之前，仍旧忍不住又看了一眼葵井小姐的社交平台动态。果不其然，她回到日本，立刻又发了动态。

新动态有两条，第一条看起来十分开心，说终于又吃到想念半个月的正宗神户章鱼烧。动态里还有一张自拍照，照片里的葵井小姐，侧着脸露出甜美的酒窝，用眼神让所有看到照片的人都能注意到她身旁的小吃摊。这一天，正好是我抵达函馆的那个晚上。

第二条动态则是简单明了，只是一句话"再次去北京"，发送地点是关西国际机场。

我对着她第二条动态，倒是忍不住说出了声：欢迎回来。

久违了的清华大学建筑学院资料室还是老样子，在阳光明媚的秋日上午，三三两两的中年教师在落地窗边的长桌前聊着天。实际上根本不必担心，但我还是看了看墙角的方向，四台陈旧的电脑依旧在那里，也就放心了。

只有那位学生管理员表现出了惊讶。听到有人进来，从玻璃墙里扭头来看，看到是我，掩饰不住地睁大了眼睛。大概她认定一个多星期没有来的我，放弃了查阅《营造档》的执念，变得和那些声称是搞科研却只是为了消磨时间的人没什么两样了。

惊讶很快过去，学生管理员恢复常态起身出来迎接。如同去一家熟悉的小餐馆一样，只要说一声"和平时一样"，店老板就能给我上最熟悉且可口的饭菜。

拿过《营造档》光盘，周围世界立刻又回到了一百多年前圆明园里的案发现场。

这一次我没有直奔案发当天，而是有计划地往前翻阅。我要找的是从光绪三十三年六月十五日学生们完成电报遥控设备开始，《营造档》上关于遥控下运行的永和轮的记录。

因为有确凿的时间节点，检索起来不费什么力气。只是正如我所预料，站在楼外的两名档案太监在记录电报遥控永和轮试验上极不专业，草草几笔带过。所幸不算问题，略过前期调试和频繁失败阶段，即便一笔带过的记录也可以当作拼图的一块。在几乎每天都要反复做数次试验的情况下，直至案发当天累计下来的样本有相当数量，碎片化却重复性极高，很容易就将试验设定的固定动作归纳总结出来。

给汽，前进十列左右时间，左转，前进，右转……

同样有后退，同样后退之后再前进。

拿出铜箔所记录的永和轮从行船到沉没的全过程，再与案发前的试验固定动作对照，果然都能一条一条对上。

相当舒畅的感觉油然而生，两份行船记录叠放在一起，就像光谱图将被吸收光谱删掉之后，出现了光线最终的样子，删掉固定动作后，所留下的，便正是杨继的死亡遗言了。

历经艰辛，永和轮终于不再沉默。

大小眼……

这一次再用日本的电码本来解码，立刻就有了这三个字：大小眼。

不再是文字乱码，而且还是样貌特征，绝对的死亡遗言。

根本不用再去推理别的，只要知道谁是大小眼就可以直接确认凶手。而刚好的是，邵靖从一开始就为我找出了这四个人的照片。

心满意足的我离开资料室后，根本等不及回家，就重新打开半个多月前邵靖发给我的那封关于练兵处总监督一职来龙去脉的邮件，再次下载了邮件里的两张照片文件。

在第一次看的时候，我已经判断出三人合影中身材最为魁梧粗壮的那个人是马全安，在更加了解他们的现在，重新去审视当时的判断，便更加确信了。而另外两位，不容分说，眼神坚定的是一直心怀抱负的样式张永利，游离不定甚至有些精明过度的是眼中只有金钱的算房洪广家。三个人，面对镜头各不相同，但一致的是，他们都不是大小眼。随即，我面带微笑地打开了方宗胜的个人照片。他那个人生新巅峰趾高气扬的样子，早就刻在了我的记忆中，只是眼睛的大小嘛，我一直没有太过留意。

照片终于打开，答案揭晓，方宗胜他……

也不是大小眼？！

我差点"嘿"的一声喊出来。怎么会这样？怎么每一次当我认为已经触及最终结局时，现实都会立即将我抽醒？明明已经可以结束，怎么又对不上缝？刚才还为一切终于全都精准衔接而舒畅，现在就发现竟只是一厢情愿的错觉？

已经感受不出是对自己失望还是对解谜绝望，我只是没了灵魂一样晃回了家。

直接坐到床上，仍旧醒不过神来，到底是什么地方出现了差错，一卷本以为可以更加确凿指出凶手的死亡遗言，结果却直接推翻了我自信满满的结论，这种打击确实沉重。无论是我的推理出了问题，还是破解铜箔信息的方法没摸到正确解，都是对我长期以来的工作的一种嘲讽。这比起邵靖的冷嘲热讽阴阳怪气，要让人难受得多。

这个时候的我，脑子不可能再去解谜，只有空白。我想知道葵井小姐是否履行神户临别的承诺——回北京见。

我还配去见她？

脑子里虽是这么想着，手上却忍不住直接点开了葵井小姐的社交平台，期待看到新的动态。

这一次的判断也没有落空，果然和我预料一样，关西国际机场一条之后，又一次不再更新。

没有新动态，我只好靠她旧有动态让自己从沮丧中放松。葵井小姐为数不多的照片，便成了有些许功效的良药。特别是这次回神户，临走前她的自拍，甜美的酒窝让她少了刻意，多了我几乎没见过的真诚。原来酒窝也是一种摘下面具后的痕迹，酒窝……

忽然觉得哪里好像又重新连了回去，刚才还全神贯注看酒窝，此时忽然……

哪里……？

我简直就像一个匿名爱慕者，死死地盯着屏幕里葵井小姐的笑容。

是……

忽然间，一切都顿悟了，是角度！角度的问题。

我的判断没有错，推理依旧成立。

原来，最终要感谢的，是酒窝。

"确认凶手的证据是？"

"就在《营造档》里。而且就是在光绪三十三年九月二十日下午十五时那最后的四条档案记录中，把凶手相当明确地写在了纸上。"

这一步的推理是我最得意之处，邵靖却只是面带微笑地等待我继续讲解。幸好我们聚在老地方，邵靖他们历史档案馆的休息区，这种熟悉的地方多少让我感到些放松。

"先回到四条记录来看，四个档案太监的位置是可以确定的。一号在楼外东南角，二号在下层东侧楼梯边，三号在西次间，四号在楼外西南角。"说是看《营造档》记录，但我拿出来的是根据张阔深伪造烫样和档案记录结合推想出来的上下天光下层建筑平面图，"之前我也说过，这份档案记录并不能当作实况录像看待，也就是说记录中四个嫌疑人所具有的不在场证明都不成立。这是线性记录所带给我们破解谜题的阻碍，迷魂阵。但从记录中当然还是可以确定的是，四个人曾经所在的位置，并且因为是线性的记录，又证明了他们是以基本静止没有动过位置的状态来对应时间的流逝。这样的说法，是否认可？"

邵靖点头，并未多说。

"那么我就继续说了。正因为对《营造档》记录有这样的分析结果，'十五时'的四条记录，就等于明确写上了凶手为谁。因为这个人被明确地记录下来离开了他曾经在的位置。去了什么地方？只有上到二层，杀害了归国留学生杨继。为什么离开原位，就确认他是凶手？因为对于四个档案太监来说，他们的视野覆盖几乎没有死角，唯独的死角，只有二层。只要消失在原位的人，必然就是上到了二层，才可能脱离四个档案太监的视线，不被因为突发事件的打断而紧急记录下来。在这里你会反问我，四个人都有离开原位的可能性，这也是最开始说到《营造档》是线性记录而得出来的结果推论。怎么确认谁是必然离开了原位？确认其实一点不难，因为那个人所站的地方，已经有其他的东西，他绝不可能再站在那里。而且这种离开必然是突发事件发生之前，也就是给出了充分的上楼杀人的时间差证据。"

接下来就到了指出凶手时刻，

趁邵靖听得津津有味，我把手指点在了平面图上，说："我一直以来太过依赖平面图，忽略了摆在眼前证据。甚至上一次在圆明园实地考察，都只能想到档案记录，而没能立体地去还原现场。就在这里，占据了凶手的位置，被《营造档》清清楚楚记录下来的东西，就在这里，"我又用力地指了指平面图，"那个东西正是围栏。因为极速右转沉没的永和轮所连接到上层的电缆扯断的围栏。"

此时邵靖长长地"哦"了一声,像是恍然大悟,又像是和我一拍即合。

"所以凶手正是方宗胜。"我抢在邵靖再次发声之前,说出了凶手的名字,凶手必须由侦探指出。

"合乎逻辑,"邵靖对我的推理是认可了,"这样说来确实通了。如果扯断飞出的围栏砸到或者差一点砸到站在楼前月台观看遥控永和轮试验的方宗胜,档案太监必然会记上一笔,毕竟小太监们都是见人下菜碟的高手,就连方宗胜来上下天光喝茶小憩,都会记上一笔。"

没错,我用力点头,没想到邵靖把我给他看过的所有细节记录都记得一清二楚。

"但是,没有看到白纸黑字写下'方宗胜杀人',这些就都只能还算是猜想而已,根基不稳。"

"所以接下来要说说方宗胜的杀人动机了。他的杀人动机强烈。"

邵靖对我作出一个"请"的手势,实际上只是为难我而自得其乐的表现:"他可是把藤枝新次郎这名间谍杀手调到遥远的福州,以免两名归国学生惨遭杀身之祸的恩人。"

"然而正是这个举动,把他的杀人动机暴露无遗。"

是时间,让我对方宗胜的行为产生了警觉。

认为方宗胜调走藤枝新次郎到福州船政学堂是为了保护两名

归国学生,实际上是我这种从上下天光命案入手这段历史的后人,先入为主地误解了历史。

假若把两件事分开来看,所看到的结果截然不同。对于洋务派官僚和北洋海军最中坚的阵地之一福州船政学堂来说,光绪三十三年这一年本身就不平常,或者说是相当艰难。同治五年(1866)建成的福州船政学堂,坚持了四十二年终于在北洋海军全面失势的光绪三十三年停办了。在将自己所关注的案件剥离开后,我注意到了停办的原因与方宗胜调走藤枝新次郎的举动有关联。福州船政学堂,经历甲午战争的挫败,已经一蹶不振,到了日俄战争之后,在朝廷方面孤立无援的局面更甚,其直接表现就是财政短缺。所谓的财政短缺最艰难之处,正在于学堂聘请了大量外籍教师教授海军、机械、造船知识,这些外籍教师不能辞退,辞退会得罪那些洋教师背后的列强诸国,得罪谁也不能得罪了洋大人们,包括北洋海军在内都只能咬着牙往前走。所以,就在举步维艰的时候,方宗胜通过庆亲王奕劻施压硬塞过去的藤枝新次郎,可谓是意外获得的一枚棋子,起到了压倒骆驼最后一根稻草的作用。不堪重负的福州船政学堂只好宣布停办,此后,北洋海军在朝政上的权重溃不成军,再无翻身本钱。

"一直没有看到这一层的相关性,还是我的历史视野不够开阔造成的了。"

"确实。"

喂!我那么多精彩的推论,为什么偏偏只认可了我自谦的说辞……

话又说回来了，方宗胜的这步棋未必精妙，但杀气腾腾，并且行之有效。他利用了庆亲王奕劻的权重，以强国强军绝对正义的表象给海军一记重击。奕劻同样乐于给北洋海军的覆灭推上一把，毕竟他掌管着练兵处这个崭新的军事机构。袁世凯进行军制改革，一方面是成立练兵处，另一方面就是将海军归到陆军部旗下，不再有独立编制。可以说，练兵处一脉，全都盼着海军最终失势，成为他们的傀儡。

所以虽然调走藤枝新次郎和杨继、孟指然的安危没有直接关系，但他的意图显然是一以贯之了。

方宗胜，是在下一盘大棋。从上下天光重建工程开始，全在他的计划之中。把上下天光重建工程视为生命唯一意义的可怜的张永利同样只不过是一枚棋子而已，整盘棋仅有一个目的，不能让海军有任何喘息翻身的机会。没有直接的文献证据来证明方宗胜知道杨继和孟指然会回国来搞那个电报遥控系统的试验。但同样是时间上的吻合，让猜想变得合乎逻辑。藤枝新次郎清理掉川崎造船所两名动力组学生并迫使其余八名学生退学，是在光绪三十三年初，确定上下天光重建工程亦是此时。方宗胜知道的是那些被扫地出门的学生即将回国，因为是川崎造船所的学徒，回国之后必然归入海军。既然无法阻止他们为海军重填新鲜血液，就不如先挖好坑诱导他们跳进去自寻死路。机会就在于永和轮的赠送。

大概方宗胜并没有十分具体的构想，但他相信只要自己给那些呆头呆脑的学生提供足够的条件，他们就一定会不顾一切去完成自己的理想，大家都知道这些技术留学生的理想是什么，恐怕这也是那个时代的人对技术留学生的一种本能的信任。

"我看方宗胜没有你说得那么狡猾。"邵靖微微点着头，却在否定我的看法。

"确实很难从片面的文献看到历史人物性格的全貌。"

"不是，我的意思是，他恐怕并不是像你所说一心为了搞垮海军而步步为营。他恐怕是真心为了他那个强国强军的理想在排除异己和所有阻碍理想的人、事、机构、部队。你别忘了，他的公文中一直在声讨经费滥用的事，无差别声讨。在他眼里，恐怕所有的经费浪费都是罪不可赦的。"

我沉吟片刻，想到了反驳的角度，说："那么方宗胜主动申请上下天光重建工程，工程耗资巨大，这个怎么解释？"

"是一种取舍。如果电报遥控系统成功，你觉得会怎样？"

"海军崛起？"

"怎么可能，只是一个新技术怎么可能让已经形同枯槁的北洋海军获得重生？"

"那会怎样？"

"只会让海军嗅到重获新生的希望，然后疯狂地不择手段地去伸手乱抓。一旦电报遥控系统成功，这套系统肯定会被海军强行推广，甚至大批量生产运用到战舰上去。我早就说过了吧，遥控系统根本不是这样做的，他们的设计思路本身就有问题。如果批量生产，运用到战舰作战上，最终会是什么局面？靠这种系统去打接下来的海战？把海战当儿戏本来就是晚清海军的死结，这样一来，简直就是儿戏中的儿戏。只要开战，绝对会比甲午还要惨烈，更加屈辱。孰重孰轻，一目了然。"

邵靖所说确实没错，并且在他提醒下，我意识到在一九〇七年，一台忽斯登收报机的价格已然相当昂贵，根据《营造档》即可知道一套电报遥控系统需要三台。这样算来，相对于内务府只拨款三千三百两重建经费，批量生产电报遥控系统可以说是真正的耗资巨大。

"方宗胜只要学生的试验必须在高官面前失败即可。这种失败把学生们的异想天开的危险性展现出来，才能彻底让他们的试验被喊停。杀不杀一个杨继，方宗胜根本不在乎，他只在乎的是这场儿戏能不能及时止损，你说对不对？"

我不得不认可地点头。

"所以，"邵靖脸上忽然出现让我警觉的笑容，"'大小眼'你怎么解释？我记得最开始我就给你找到了方宗胜的一张照片，英姿飒爽，可没有什么大小眼。所以，方宗胜真的是凶手吗？你好好再考虑一下。"

在刚到他们的休息区，我就把杨继的死亡遗言告诉了邵靖。

可是这算什么啊！你忽然说出那么多言之凿凿的推理，甚至把持不太相同观点的我都说服，可结果你从根本上还是怀疑的⋯⋯

幸好这个谜题，我在昨晚已经解开。

"是视觉差，"我早就猜到邵靖会问这个问题，准备好了那张照片，放到他面前，"一张斜侧脸的照片，这种角度策马扬鞭可以表现出一副英姿飒爽的样子。不过，显然摄影师还有另外的考虑，就是既能拍到方宗胜的脸，又能掩饰他的生理缺陷。恐怕因为大小眼太过明显，实在难为摄影师了。"

在我解释的过程中，邵靖把平板电脑拿过去，放大看了看，就像根本没有听我的说明一样，自顾自嘀咕着："近大远小啊。"

"这么说来，杨继这个小伙子真有一手，"邵靖一本正经十分认可地夸赞一位百年前惨死的年轻人，"在低压电流折磨这么久的情况下，他却能头脑一直保持清醒，把完整的死亡遗言掺杂到遥控操作中去。大概到了永和轮扯断围栏沉没湖底时，他只想能立刻痛快死去了吧。"

"孟指然也不差的，"我似乎是在为另外一位打抱不平，"明明十分重要的展示成果的机会，在正常的起步之后突然发现远在上下天光上面的同学杨继传来了危险信号，在永和轮疯狂窜随时可能会沉没的情况下，他一直在脑中转码杨继传来的信号，直到最后一个字符完毕，他才拼死把铜箔从收报机上卸下来，徒手藏到凶手绝对找不到的炉壳缝隙里，好让同学的死亡遗言可以传达给事后关照这个事件的人那里，揭露凶手。全过程，他根本没想过弃船逃跑，如果早早跳水，恐怕不会……"

"对了，所谓失踪，孟指然后来如何？"

"杳无音信了，根本查不到任何蛛丝马迹。当场有那么多人，如果获救至少会有些许线索。"

"他们两个都是书生硬汉了，"我很少见邵靖能对什么人有正面认可的评价，这句话算得上评价相当之高了，"不过，你不觉得奇怪吗？"

果然还是有这样的转折。

"为什么只杀一个人，按常理来说，如果孟指然不是为了保护和隐藏死亡遗言，他足可以逃生。"

"为了正义吧。"这个问题我刚刚就重新思考过，并有自己的解答。

"哦？"邵靖他没有打算反驳。

"是方宗胜心中的正义吧，就像你刚才说的，他只是一心为了强国强军，那就是他心中的正义。一切与此相悖的全部清除，从另一个角度来看，无论什么只要与强国强军无关，他都根本不会在意。上到二楼，他只想要的是永和轮因为电报遥控系统的失控，以及操作者被毫无安全可言的操作台电死，这样一个轻松可以让学生的试验彻底覆没的结果。到底船上的人是死是活，他不会在乎。我想，很有可能他还会和杨继说，只要你按我说的办，船上的那小子我就放他一马，让他活。可惜，杨继是认真的，孟指然同样是认真的。最终也就成了这种最悲剧的结局。"

"嗯，"邵靖点点头，但他并没有完全认可我的说法，"这只不过是一个推测而已。"

"是的。"我依旧无意反驳。

"不过，凶手确实是他，没错了。"

"是的。"

"那么谜题全部解开了？"

"是的。"

"然后，"邵靖忽然抿嘴一笑，"凶手找出来了是没错，那么你……"

我觉察出不对劲，他想说什么？

"你打算就用这个去和葵井小姐结案？"他还在笑，笑得让我心烦，"'凶手是方宗胜'似乎不太符合你的合同要求吧。"

果然说到了问题的根本。

我叹了口气，说："合同要我调查铜箔，即使合同没有要我破案，指出铜箔上留存下来的信息，这也不算是违约吧。"

"但愿她真的想要的是真相，"邵靖望着天，面无表情，就像是他洞察了一切，"最好把事情讲得更清楚一点。"

"这方面不用你操心。"

忽然回想起关于铜箔调查伊始，第一次给葵井小姐报告之前，我也是先来找邵靖讲了当时的调查结果，我怕的是自己调查有什么漏洞或根本性错误，到了葵井小姐面前丢人。而现在，历史似乎重演，只是我这次来找邵靖，为的是先给他一个结果，接下来的葵井小姐，我需要独自面对。

我把东西收拾整齐，起身准备离开，又停了下来，对着仍坐在沙发上的邵靖说："这一次，谢谢了。"

"嗯。"

"不好意思，这一次又没能提前把报告提纲发给你。"

下午的阳光清冽，咖啡馆外没什么行人，是深秋应该有的萧瑟。沿街的银杏，树叶随风飘落，地面一片金黄。聪明如葵井小姐,她一定明白这一次是结案报告。

作为有头脑的甲方,她等待的是我率先进入主题。

"从神户到东京再到北京的话,一路上相当辛苦吧。"没什么需要躲躲闪闪,我连铜箔里包含的信息,杀害学生们的凶手是谁都没有提,因为这些本来就不是葵井小姐或者说她背后的财团想要的,此时,应该做的正是直接触及他们真正的目的。

葵井小姐恐怕构想了无数的开场白,但没想过我会如此直接,她双眼张大,因为脸部有些僵硬,她的脸上没有笑容,自然也没有好看的酒窝。

我应该感谢的酒窝,如果不是她所有照片都希望掩饰脸上酒窝的不对称,又想让甜美的酒窝来装饰自己的笑容,所以露出来的永远只是侧脸照片,我也不会那么轻易就想到民国时期的摄影师是如何掩饰掉了方宗胜大小眼的生理缺陷。只是,这份谢意,以后再说,此时我只能一鼓作气向前冲了。

"这一次我从北京去神户,坐飞机可以直达关西国际机场,再坐高速船就可以到神户港,这是葵井小姐您带我走的路线,相当方便。所以如果你来北京的时候,不走关西国际机场而是走了成田机场,我确实有些不解为什么偏要舍近求远。除非……"

葵井小姐依然默不作声,只是死死盯着我。

好吧,也许我说得太过突然跳脱,还是循规蹈矩解释一下为好。

"从一开始我就对这样的委托调查,有诸多不解,所以在调查那卷铜箔的同时,也事先调查了一些别的,"我故意停顿了一下,好让气氛不会太过尴尬,"然后,就看到了你从成田机场来北京的动态。"

葵井小姐抿起了嘴。

"实在不好意思,其实我还查到很多。比如你要挑战的那座摩天轮,八角形骨架,红黄粉蓝绿彩色长椅吊篮,简易顶棚,高度超不过十米,这个样子的摩天轮,还在运行的,在日本只有一处,就是函馆市游乐园'儿童国'的古老摩天轮。其实最开始我并没有在意函馆这个地方,只是在意你为什么要从东京来北京,直到我去你们神户海洋博物馆,听说铜箔撤展,又拿到了供展人在函馆的住址时,才隐约意识到你们之间的关系。这样一想,能得到葛西家族的允许,让我一个外人去看珍贵的展品,并非贵馆公关的能力强,而是从一开始,对我的委托就是从葛西家族发出的吧。"

葵井小姐并没有否认我的推测,但也没有说话,仍然保持静默。

"葛西家族之所以撤展,也说得通了。因为我的第二次报告,使葛西家族有了必须撤回铜箔的警觉。"

"哦?你说说看。"她终于又说话了。

"我给你的报告中明确说明了两名学生向川崎造船所发出的订单内容。"

"只是小型蒸汽发电机而已。"

"不用欲盖弥彰,小型蒸汽发电机你们根本不会在乎,在乎的是另外的东西,两部线圈和铜球。"

"我们？你认为'我们'是谁？"

"这个时候还需要避重就轻？在神户海洋博物馆里，我确认了你正是他们的学艺员没错，然而，你如此优秀，再有其他的身份也不足为奇。"

她只是随意却又意味深长地"哦"了一声算是回应我，是在期待我继续说出全部推断。

那么就随她所愿好了。

"我开始在意起线圈和铜球到底有什么特殊意义，依稀记得在我做的现场报告中，你一直对两名学生的设计赞不绝口。当时，我忍住没有直接说出，所谓遥控设备，根本不需要通过无线电报，远在美国的特斯拉已经发明出更为简便的遥控电路板。后来，我忽然明白过来，线圈和铜球与特斯拉的关系太密切了，在当时为什么我没有想到。"

"不只可以用在特斯拉线圈，这套构想同样可以运用到能源传输上。如果只是这样说，又会沦为空话，我可以重新回到文献上来看，文献记载上，有两项让我把一切都联系到了一起。

"大概应该感谢这起命案，我偶然间接触到了大友健助这位相关人物。我这个人没什么其他的本事，但在文献上，只要我盯着的人，必然能把他的生平事迹刨个清楚。在案发当天，大友健助给神户老家的厂子打了电报，正是因为这份电报的真实存在，让他从这起命案的犯罪嫌疑人名单中被彻底剔除。然而，他的电报内容，我不得不多加注意。"

我觉得自己一定是在滔滔不绝地惹人厌了，但我还是不停地把自己多日来心中推论的一切，全都讲给了葵井小姐。这其中，说到了大友健助对两名学生的试验的关照。之所以说是关照，在于大友健助一直协助两名学生的遥控设备不会违反《万国电报公约》以避免惹来不相干的麻烦。这种协助完完全全是大友健助分外之事。随后，也说到了大友电气以及它与川崎造船所的附属关系，甚至还说到了大友电气为川崎造船所的铁路工程做了多少的贡献，以及最后被抛弃的悲惨结局。

显然葵井小姐对这段历史了如指掌，这是她最应该知道的东西，我继续阐释自己的调查结果。

"悲剧的是大友电气不可能扛得过明治末年那种极端功利主义的社会压制，不仅厂子本身倒了，大友幸耶倾注了期待的弟弟大友健助也在一九一〇年客死中国。我简单地查阅了一下大友幸耶的结局，竟没再出现在关西地区，更不可思议的是，她死在了遥远的北海道函馆。

"相当悲惨，但怎么又是函馆，这个地方未免有太多的巧合，在我的观念中，不存在没有联系的巧合。大友幸耶和函馆的联系，正是和葛西家族有关才对吧？"

我在提出疑问，因为我没有真正直接的证据去佐证我的说法。而葵井小姐依旧不置可否地听着，没有反驳。

关于葛西家族，在抵达函馆之前，我都并未予以特别关注。就算是一栋奢华的别墅，有彬彬有礼的管家，对于我来说这都只是一些无用的细节。直至进到他们的会客厅，在等待葛西家长的时候，看到了会客厅里的藏书，我终于惊觉自己遗漏了什么。

"我猜测大友幸耶是走投无路，机缘巧合远嫁到了北海道函馆的葛西家族。当然，走投无路只是我的猜测，姑且不去管它。只说葛西家族，在明治末年，一时间垄断了至少函馆地区的有轨电车生产和运营业务。如果不是大友幸耶带来的有轨电车技术给葛西家族打了一剂强心针，他们是不可能从默默无闻突然崛起，况且他们崛起的时间刚好是大正元年，一九一二年，大友健助死后两年。

"大友幸耶在神户时已经操办了多年，有相当的经验，在北海道轻而易举就占据了绝大多数营业份额。但大友幸耶毕竟流着她自己的血液，一旦经济稳定下来，发明和试验必不可少。这时候就和我一直关注的命案完全联系到一起了，甚至也是你们委托我去调查铜箔的真正原因。你们认为在那卷远在一百年前的历史遗物，肯定带有某种你们急需的信息。"

有很多调查的细节，我不便与葵井小姐直说，比如现如今的葛西家族自然是走向没落，有轨电车是葛西家族的根本，但现在即便函馆市内保留了有轨电车交通，运营权也基本不在他们家族手中，更何况 JR 铁路集团已经将新干线开进北海道，葛西家族失势已成事实。在他们的会客厅中，虽然还摆着不少家长与铁道、电力名流的合影，但从年代上看，这些合影都是十年以前的了。

陨落的昔日财团，必然会拼命寻找救命稻草，我的这份委托，恐怕就是他们心中的希望。

可是他们到底希望些什么？

如果不是我亲自到葛西别墅的会客厅，是永远猜不透的。在会客厅中最引起我瞩目的不是那些名流合影，而是书柜里的书籍。全都是法律书，甚至还有很多是大正时期的法律书籍。

从法律、永和轮、学生们的试验、铜箔、大友健助，再到大友幸耶的技术，以及他们对真实诉求的严格保密，这一切让我终于把答案全貌构想清楚。

"历史遗物，具有经济价值的、巨额的遗产，甚至一份藏宝图，这是最容易想到的，"我继续用相对缓和的词语讲着自己的推断，"但从大友幸耶的人生来看，这根本不可能，她如果有这笔财富，早就可以在神户闯出名堂。所以，我只想到了另外一样，即便不是随着时间推移增值，至少不会贬值的历史遗物：发明专利，准确地说，是一个现在看起来广为应用但其实有极高的技术革新空间的发明。那种专利的中文名叫实用新型专利。"

没错，只有专利需要查阅当时的法律书籍。并且，我想当时的大友幸耶并没有去申请现在的葛西家族所需要的专利。只要证明初始是葛西家族，或者源于大友幸耶之手，就可以补发专利证书。哪怕那是明治、大正时期，只要有了专利证书，葛西家族东山再起就不再是空话，世界范围的专利使用费，将会源源不断地注入葛西家族的金库。在获得确凿证据证明之前，不得告人。

"那么问题回来了，葛西家族关注到的是怎样的专利？一项本应引来举世瞩目的发明。这项发明甚至要比我们尝试所知道的，提前了半个世纪。我知道葛西家族不是什么慈善机构，去了他们家的别墅就可以看得出，所以所谓的提前出现，并不是科学技术史上有意义，更主要是可以带来绝对的经济利益。我想到此点时，实际上是疯狂碰壁的感觉，能有什么东西，可以在百年前发生，还能影响到后代的经济收入。根据现代世界的经济体系，只有专利有这样的特性和功效。而且这项专利还不是那种华而不实的远古技术，而是……

"我想了很久，直到线圈和铜球的出现，我顿悟了。当今世界突然广泛应用，还要关于线圈，那么只有一样东西，基本符合，那就是……"

说到这里，我故意停顿下来，想看看葵井小姐的反应到底如何。可惜她的情绪管理堪称精湛，毫不喜形于色。面对这样的人，我只好自说自话把能说的全都说了出来。

"那就是……与现在的无线电技术完全不同的、远程无线电充电技术。也就是为远在湖中心的永和轮提供电力供应所应用的技术。"

我敢肯定，自己说出了真相。因为此时，葵井小姐不由自主地长呼了一口气，如释重负。

"这个你都能看得出来？"

"其实只要把细节看全，就像知道你在北京一直没有买过新鞋有多痛苦一样，显而易见。"

我是不是又说了什么虽然看得出来但不该暴露的东西？为了挽回尴尬局面，我立即把话题转移回来。

"终于又能回到原点，"说出真相的我，并没有一点得意的感觉，甚至还有些许的愧疚，因为，"我想最开始你们，或者说葛西家族注意到铜箔的价值，不是在他们的先辈买下铜箔的时候，而是机缘巧合知道了大友健助和中国的两名学生有关，而这个相关性又与老东家也是老对头川崎造船所有联系。我敢确定的是，两名学生发出的订购订单根本没有发到日本去，但恐怕是有某些消息透露出来，学生们订购了类似葛西家族想要证明属于自己的超前技术的元件。只要证明了这一点，或许就能证明现在已经普及应用起来的无线充电技术，源头实际在大友幸耶那里，同时也属于葛西家族。"

无线充电技术真的能提前到那么早吗？当时，特斯拉确实有全球无线供电的设想，但根本不可能实现，别说专利申请，就连这个构想，都只是一则笑话而已。

那认真勤恳的日本人，能做到什么程度？

"不好意思，"我不由得又一次道歉，"非常可惜的是，凶手是方宗胜。"

也许我一直说的都是事实，葵井小姐并没有太多反应，而当我说到这句话时，她的脸上出现了感到意外的表情。

"你想调查的东西，永远也不可能和上下天光命案脱离开。因为他们本身就是一体的。无论学生们订购的是不是你们设想的设备，或者大友健助有没有把他姐姐的技术带到中国，在两名学生的试验中运用，这一切都将因为凶手是方宗胜而结束。这个认定自己的正义才是正义的人，在案发之后，将学生们的试验以及相关的一切全部抹杀清零了。"

我在征求葵井小姐的认可，她重新体味了一下我所说的结论后，深深地叹了口气，点了头。

假设没有被抹杀，永和轮在一九〇八年沉没昆明湖之前，就应该有人发现了这件事情。即使当时没有发现，进入民国，永和轮打捞出来供游人游览昆明湖时，还是不可能隐藏得住。时隔一百一十多年，从未有人对永和轮上动力设备提出异议，只能说明一件事，就是在案发之后，凶手将能清理掉的东西全部清理掉了，让原本具有划时代意义的永和轮，变回了最普通，甚至不甚起眼的小型蒸汽游艇，供慈禧老佛爷游玩乘坐。

永和轮，无论它的不平静，于中国还是于日本到底意味着些什么，至此之后只会永远保持它的沉默。

"对不起。"

我郑重地道歉，就像抹掉以及隐藏起这段历史的罪人是我一样。现实中永和轮的普通，才是抹杀掉我的委托方所有希望的全部根源。

"当然了，"道歉之后，我又故作轻松，"这些都只是我的一些胡乱猜想，我姑且说之，你姑且听之。而你们的委托调查，结果如下：神户海洋博物馆'明治·川崎'特展编号 K301 展品，是杨继、孟指然两名留日归国学生在圆明园后湖上所做的电报遥控设备的行船试验记录簿。展品中所记录的信息，有杨继的死亡遗言，留下了凶手信息。杀害他们的凶手是当时的练兵处军令司总监督方宗胜。"

交上了应该提交的调查结案报告，我努力地微笑着。

她看着我，同样微笑了一下，露出左脸颊的酒窝，却看不出感情，说："你还真是天真。"

"你们应该判断得出来,希望微乎其微。"

看来她还是不能从获知的真相中释怀。

"一百年前的人怎么可能完成直至今天我们都做不到的技术?"

"……"

"不过,能推理出凶手的你,却有推理不出来的真相。"

"是什么?"我多少有些吃惊。

"鞋,买了的,来北京也买了鞋,见你不需要换而已。"

脑中一时闪现出昔日葵井小姐全神贯注听我报告的样子,她却已经起身,去了前台结账,气氛毫无波澜。只有我盯着她的鞋,陷入了沉思。

果然,执着追寻的东西,终究最难把握。正如真相中的真相。

解　说

赵婧怡

以历史事件为切入点，在"虚构"与"真实"的史料记载中游走，运用推理小说的手段来叙述历史故事，《沉默的永和轮》便是这样一部拥有独特风味的作品。

在传统的类型小说的门类中，我们往往习惯性地将小说划分为推理小说、科幻小说等泾渭分明的门类。然而在作者不断拓宽创作边际的当下，却涌现越来越多，打破固有类型概念的作品。

大众读者印象中的传统推理小说，往往以描写当下状态下发生的、充满着"不可能犯罪"特色的"杀人事件"为主。侦探通过对案件当事人反复地问话、对案发现场进行细致的探索调查、通过各类取证获取信息，将所有线索拼接组合，最后推理得出结论，以破解案件的谜题。

我们所熟知的推理小说作家，如阿加莎·克里斯蒂、横沟正史，乃至日本新本格推理代表作者绫辻行人的多部经典作品，均为此类在一个"相对封闭"的环境下发生事件，侦探在限定环境中搜索，最终找出真凶的故事。

那么，如果事件并非发生在"当下"呢？

当侦探无法调查现场获取最为可信的现场物证、无法依靠证人证言来判断案发当天的经过，以及人物动机、甚至无法确定，案件本身的"真实性"时,又该如何破解谜题呢?

　　《沉默的永和轮》便是依托这一前提展开的。全书包括四个故事。《济南的风筝》由一百多年前的爆炸案切入,通过抽丝剥茧的方式,慢慢提炼出某位虚构历史人物短暂而又波澜壮阔的人生。《沉默的永和轮》围绕着历史上的"密室杀人"案件,经过反复推敲验证,通过对于"史料"的调查,探索出一起在档案记载中仅以数字呈现,实际却又盘根错节、极为复杂的历史事件,正当读者以为一切尘埃落定之时,又发现,这一陈年旧案竟又与侦探所经历的"当下"的故事有着密不可分之联系。《枯苇余春》由一位不得志文人的离奇死亡案件展开,亦是通过对于当年史料的翻找查阅读层层递进,反复探究几位事件主要相关人物的心理与当时环境的影响,最后推出令人感慨万千的真相。《广寒生或许短暂的一生》则通过寻找广寒生在各处发表的作品,追寻描绘其人生的故事。

　　国外作者中,早有"现代侦探运用历史资料对历史事件进行推理"的作品。如约瑟芬·铁伊的《时间的女儿》,便是此类作品中的代表作。日本作家中,也不乏创作此类作品的作家。一般而言,传统认知上的"历史推理"作品,多为针对知名的历史事件或历史上的谜案,以独特的全新角度进行推理诠释,而此类作品,多数均为基于"真实历史记载"进行推理,可谓是一种对于现存史料"重新解读"的过程。

　　而《沉默的永和轮》严格来说并不属于此类。本书中的故事,均为在历史年代的大背景下,先进行一层"虚构史料"的创作,基于此层"虚构史料",层层推进,对于真相进行推理。

也就是说,在阅读故事中所展示的"案件"之前,读者已经首先下意识地进入了由作者所营造的一个极度接近大众印象、只是架空了一部分史料的"历史世界"。然后作者详尽地"引经据典",亦会使读者对这个世界增加可信度。

那么,在这一层"虚构历史"的基础上,本书的"推理"层面与普通的推理小说又有何不同呢?一般意义上的传统推理小说,侦探在调查过程中,往往需要通过反复访问案件相关证人、揣摩案件相关人员的心理活动,在调查现场的过程中,反复探究作案手法的可能性,最后排除各种不可能,而证明所谓的"唯一的真相"。

而作为"虚构历史"中的推理作品,则并不具备以上这类推理作品中常见的条件。侦探既无法亲身调查现场,也无法与案件相关的证人、嫌疑人交谈,获取重要信息,甚至就连案件的记载是否为实也难以确认。唯一可作为依据参考的,仅仅只有作为"历史档案"留存下来的资料与物证。

这样的推理也自有其独特的趣味之处。消解了不断的家访、证人问讯这一过程之后,如何推动故事的发展成了作品的重点议题。在《沉默的永和轮》中,作者采用了丰富的手法来让这一过程充分调动读者的注意。先是通过史料对"事件"进行大纲式的勾勒,而后则通过不断的推理——寻找新的资料——验证假设——找到突破点——继续寻找新的资料,来不断完善对于历史"真相"的推断。

当然，推理的依据并不仅限于所谓的纸面资料，在本书中，对于人物动机以及事件中人物行为的分析，时常建立在一个更为特殊的层面上，即晚清时期的时代背景。这亦是本作的特色。

然而，如果仅把本作定义为"推理"作品，未免又有些过于局限。在笔者看来，本书的最大特色，是由作者所构筑的"两个世界"。第一个世界，是每个故事中"案件"中展现的，事件当事人的"个人世界"，第二个则是由作者所描绘的，由大量"创作史料"所构建而成的，带有强烈独特风格的梁清散式的"晚清世界"，这两个世界交汇成了《沉默的永和轮》一书的独特氛围。